铁凝——著

有客来兮

天津出版传媒集团
百花文艺出版社

图书在版编目（CIP）数据

有客来兮 / 铁凝著. -- 天津：百花文艺出版社，2017.3
ISBN 978-7-5306-7169-6

Ⅰ. ①有… Ⅱ. ①铁… Ⅲ. ①小说集-中国-当代
Ⅳ. ①I247

中国版本图书馆 CIP 数据核字(2016)第 294853 号

选题策划：李勃洋　刘书棋　**装帧设计**：苏艾设计
责任编辑：赵世鑫

出版人：李勃洋
出版发行：百花文艺出版社
地址：天津市和平区西康路 35 号　**邮编**：300051
电话传真：+86-22-23332651（发行部）
+86-22-23332656（总编室）
+86-22-23332478（邮购部）
主页：http://www.baihuawenyi.com
印刷：天津金彩美术印刷有限公司
开本：850×1168 毫米　1/32
字数：149 千字
印张：7.125
版次：2017 年3 月第1 版
印次：2017 年3 月第1 次印刷
定价：48.00 元

目录

孕妇和牛

孕妇牵着牛从集上回来，在通向村子的土路上走。

节气已过霜降，午后的太阳照耀着平坦的原野，干净又暖和。孕妇信手撒开缰绳，好让牛自在。缰绳一撒，孕妇也自在起来，无牵挂地摆动着两条健壮的胳膊。她的肚子已经很明显地隆起，把碎花薄棉袄的前襟支起来老高。这使她的行走带出了一种气势，像个雄赳赳的将军。

牛与孕妇若即若离，当它拐进麦地歪起脖子啃麦苗时，孕妇才唤一声："黑，出来。"

黑是牛的名字，牛却是黄色的。

黑迟迟不肯离开麦地，孕妇就恼了："黑！"她喝道。她的吆喝在寂静的旷野显得悠长，传得很远，好似正和远处的熟人打着亲热的招呼："嘿！"

远处没有别人，黑只好独自响应孕妇这恼，它忙着又啃两口，才溜出麦地，拐上了正道。

远处已经出现了那座白色的牌楼。穿过牌楼，家就不远了。四下里是如此的旷达，那气派、堂皇的汉白玉牌楼宛若从天而降，突然矗立在大地上，让人毫无准备。即使对这牌楼望了一辈子的老人，每逢看见蓝天下这耀眼的存在，仍不免有种突然的感觉。

孕妇遥望着牌楼，心想多亏我嫁到了这儿啊。每回见到牌楼，孕妇都不免感叹她的出嫁。

孕妇的娘家在山里，山里的日子不如山前的平原。可孕妇长得俊。俊就是财富，俊就叫人觉得日子有奔头儿。孕妇的爹娘供不起闺女上学，却也不叫她做粗活儿，什么好吃的都尽着她，仿佛在武装一个能献得出手的宝贝。他们一心一意要送这宝贝出山，到富裕的平原去见他们终生也见不着的世面。

孕妇终于嫁到了山前。她的婆婆自豪地给她讲解这里的好风水：这地盘本是清朝一个王爷的坟茔，王爷的陵墓就在村北，那白花花的大牌楼就属于那个王爷。孕妇并不知王爷是多大的官，也不知清朝距离今天有多么远，可她见过了坟墓和牌楼。墓早已被盗，只剩了一个盆样的大坑，坑里是疯长的荒草和碎砖烂瓦。孕妇站在坑边，望着坑底那些阴沉的青砖想着，多亏我嫁到了这儿啊。这大坑原本也是富贵的象征，里边的宝贝虽已被盗贼劫空，可它毕竟盛过宝贝。这坑、这牌楼保佑了这地方的富庶，这就是风水。

孕妇在这风水宝地过着舒心的日子，人更俊了。没有村人敢耻笑她那生硬的山里口音。公婆和丈夫待她很好，丈夫常说，为了媳妇，什么钱多他就干什么。如今的城市需要各式各样的高楼大厦，农闲时丈夫就随建筑队进城做工。婆婆搬过来与孕妇就伴儿，净给她沏红糖水喝。红糖水把孕妇的嘴唇弄得湿漉漉地红，人就异常地新鲜。婆婆逢人便夸儿媳:“俊得少有!”

孕妇怀孕了,越发显得娇贵,越发任性地愿意出去走走。她爱赶集,不是为了买什么,而是为了什么都看看。婆婆总是牵出黑来让孕妇骑,怕孕妇累着身子。

黑也怀了孕哪,孕妇想。但她接过了缰绳,她愿意在空荡的路上让黑做伴儿。她和它各自怀着一个小生命仿佛有点儿同病相怜,又有点儿共同的自豪感。于是,她们一块腆着骄傲的肚子上了路。

孕妇从不骑黑,走快走慢也由着黑的性儿。初到平原,孕妇眼前十分地开阔,住久了平原,孕妇眼里又多了些寂寞。住在山里望不出山去,眼光就短,可平原的尽头又是些什么呢?孕妇走着想着,只觉得她是一辈子也走不到平原的尽头了。当她走得实在沉闷才冷不丁叫一声:“黑——呀!”她夸张地拖着长声,把专心走路的黑弄得挺惊愕。黑停下来,拿无比温顺的大眼瞪着孕妇,而孕妇早已走到它前头去了,四周空无一人。黑直着脖子笨拙而又急忙地往前赶,却发现孕妇又落在了它的身后。于是孕妇无声地乐了,“黑——呀!”她轻轻地叹着,平原顿时热闹起来。孕妇给自己造出来一点儿热闹,觉得太阳底下就不仅是她和黑闲散地走,还有她的叫嚷,她的肚子响亮的蠕动,还有黑的笨手笨脚。

像往常一样,孕妇从集上空手而归,伙同着黑慢慢走近了那牌楼。太阳的光芒渐渐柔和下来,涂抹着孕妇有些浮肿的脸,涂抹着她那蒙着一层小汗珠的鼻尖,她的鼻子看上去很晶莹。远处依稀出现了三三两两的黑点,是那些放学归来的孩子。孕妇累了。每当她看见在地上跑跳着的孩子,就觉出身上累。这累源于她那沉重的肚子,她觉得实在是这肚子跟她一起受了累，或者，干脆就是肚里的孩子在受累，她双手托住肚子直奔躺在路边的那块石碑，好让这肚子歇歇。孕妇在石碑上坐下，黑又信步去了麦地闲逛。

这巨大的石碑也属于那个王爷，从前被同样巨大的石龟驮在背上，与那白色的牌楼遥相呼应。后来这石碑让一些城里来的粗暴的年轻人给推倒了。孕妇听婆婆说过，那些年轻人也曾经想推倒那堂皇的牌楼，推不动，就合计着用炸药。婆婆的爹率领着村人给那些青年下了跪，牌楼保住了。那石碑却再也没有立起来。

石碑躺在路边，成了过路人歇脚的坐物。边边沿沿让屁股们磨得很光滑。碑上刻着一些文字，字很大，个个如同海碗。孕妇不识字，她曾经问过丈夫那是些什么字。丈夫也不知道，丈夫只念了三年小学。于是丈夫说："知道了有什么用？一个老辈子的东西。"

孕妇坐在石碑上，又看见了这些海碗大的字，她的屁股压住了其中一个。这次她挪开了，小心地坐住碑的边沿。她弄不明白为什么她要挪这一挪，从前她歇脚，总是一屁股就坐上去，没想过是否坐在了字上。那么，缘故还是出自胸膛下边的这个肚子吧。孕妇对这肚子充满着希冀，这希冀又因为远处那些越来越清楚的小黑点而变得更加具体——那些放学的孩子。那些孩子是与字有关联的，孕妇莫名地不敢小视他们。小视了他们，仿佛就小视了她现时的肚子。

孕妇相信，她的孩子将来无疑要加入这上学、放学的队伍，她的孩子无疑要识很多字，她的孩子无疑要问她许多问题，就像她从小老是在她的母亲跟前问这问那。若是她领着孩子赶集（孕妇对领着孩子赶集有着近乎狂热的向往），她的孩子无疑也要看见这石碑的，她的孩子也会问起这碑上的字,就像从前她问她的丈夫。她不能够对孩子说不知道，她不愿意对不起她的孩子。可她实在不认识这碑上的字啊。这时的孕妇,心中惴惴的,仿佛肚里的孩子已经跳出来逼她了。

放学的孩子们走近了孕妇和石碑，各自按照辈分和她打着招呼。她叫住了其中一个本家侄子,向他要了一张白纸和一杆铅笔。

孕妇一手握着铅笔,一手拿着白纸,等待着孩子们远去。她觉得这等待持续了很久,她就仿佛要背着众人去做一件鬼祟的事。

当原野重又变得寂静如初,孕妇将白纸平铺在石碑上,开始了她的劳作:她要把这些海碗样的大字抄录在纸上带回村里,请教识字的先生那字的名称,请教那些名称的含义。当她打算落笔,才发现这劳作于她是多么不易。孕妇的手很巧,描龙绣凤、扎花纳底子都不怵,却支配不了手中这杆笔。她努力端详着那于她来说十分陌生的大字。越看那些字就越不像字,好比一团叫不出名称的东西。于是她把眼睛挪开,去看远处的天空和大山,去看辽阔的平原上偶尔的一棵小树,去看奔腾在空中的云彩,去看围绕着牌楼盘旋的寒鸦。它们分散着她的注意,又集中着她的精力,使她终于收回眼光,定住了神。她再次端详碑上的大字,然后胆怯而又坚决地在白纸上落下了第一笔。

有了这第一笔,就什么都不能阻挡孕妇的书写和描画了。她描画着它们,心中揣测它们代表着什么意思。虽然她不知道它们是什么意思,她却懂得那一定是些很好的意思,因为字个个都很俊——她想到了通常人们对她的形容。这想法似乎把她自己和那些字联得更紧了一点儿,使她心中充满着羞涩的欣喜。她愿意用俊来形容慢慢出现在她笔下的这些字，这些字又叫她由不得感叹：字是一种多么好的东西啊。

夕阳西下，孕妇伏在石碑上已经很久。她那过于努力的描画使她出了很多的汗，汗浸湿了她的袄领，汗珠又顺着袄领跌进她的胸脯。她的脸红通通的，茁壮的手腕不时地发着抖。可她不能停笔，她的心不叫她停笔。她长到这么大，还从来没有遇见过一桩这么累人，又这么不愿停手的活儿，这活儿好像使尽了她毕生的聪慧毕生的力。

不知什么时候，黑已从麦地返了回来，卧在了孕妇的身边。它静静地凝视着孕妇，它那憔悴的脸上满是安然的驯顺，像是守候，像是助威，像是鼓励。

孕妇终于完成了她的劳作。在朦胧的暮色中她认真地数了又数，那碑上的大字是十七个：

忠敬诚直勤慎廉明和硕怡贤亲王神道碑

孕妇认真地数了又数，她的白纸上也落着十七个字：

忠敬诚直勤慎廉明和硕怡贤亲王神道碑

纸上的字歪扭而又奇特，像盘错的长虫，像混乱的麻绳。可它们毕竟不是鞋底子不是花绷子，它们毕竟是字。有了它们，她似乎才获得了一种资格，她似乎才真的俊秀起来，她似乎才敢与她未来的婴儿谋面。那是她提前的准备，她要给她的孩子一个满意的回答。她的孩子必将在与俊秀的字们打交道中成长，她的孩子对她也必有许多的愿望，她也要像孩子愿望的那样，美好地成长。孩子终归要离开孕妇的肚子,而那块写字的碑却永远地立在了孕妇的心中。每个人的心中,多少都立着点儿什么吧。为了她的孩子,她找到了一块石碑,那才是心中的好风水。

孕妇将她劳作的果实揣进袄兜,捶着酸麻的腰,呼唤身边的黑启程。在牌楼的那一边,她那村庄的上空已经升起了炊烟。

黑却执意不肯起身,它换了跪的姿势,要它的主人骑上去。

“黑——呀!”孕妇怜悯地叫着,强令黑站起来。她的手禁不住去抚摸黑那沉笨的肚子。想到黑的临产期也快到了,黑的孩子说不定会和她的孩子同一天出生。黑站了起来。

孕妇和黑在平原上结伴而行,像两个相依为命的女人。黑身上释放出的气息使孕妇觉得温暖而可靠,她不住地抚摸它,它就拿脸蹭着她的手作为回报。孕妇和黑在平原上结伴而行,互相检阅着,又好比两位检阅着平原的将军。天黑下去,牌楼固执地泛着模糊的白光,孕妇和黑已将它丢在了身后。她检阅着平原、星空,她检阅着远处的山近处的树,树上的黑帽子样的鸟窝,还有嘈杂的集市,怀孕的母牛,陌生而俊秀的大字,她未来的婴儿,那婴儿的未来……她觉得样样都不可缺少,或者,她一生需要的不过是这几样了。

一股热乎乎的东西在孕妇的心里涌现,弥漫着她的心房。她很想把这突然的热乎乎说给什么人听,她很想对人形容一下她心中这突然的发热,她永远也形容不出。心中的这一股情绪就叫作感动。

“黑——呀!”孕妇只在黑暗中小声儿地嘟囔着,声音有点儿颤,宛若幸福的呓语。

砸骨头

会计坐在白茬柳木桌前打算盘，村长坐在他的对面，死盯着会计手下过来过去的算盘子儿。

入冬前，正是税收季节，乡税务所已经来居士村催过税款，税款仍然没有筹齐，还差六百块钱。来人说，全乡十二个村，就剩下居士，是居士拖了全乡的后腿。来人还给规定了三天的期限。

村长是个好脸面的人，说居士拖了全乡的后腿，他受不了。给他规定三天的期限，他更受不了。

村长亲自收税，来到于老茂家。于老茂有一小片苹果树，按比例，应纳林果税五十四元，那凑不齐的六百里，就包括着他这五十四块。

村长说："纳税的道理我也不说了，取之于民用之于民咱们也别多讲了，好歹你得给我个面子，交了钱，一了百了。"

于老茂说："不是我不给你面子，是老天不给咱们面子。伏天那场雹子可不是我瞎编的吧，树上剩的那几个果子，统共才卖了六十块钱。交五十四块钱的税，剩下六块还不够我买二斤蒜薹呢。你是村长，你应该反过来问问乡里，遭了雹灾怎么还不减税。”

伏天是有一场大雹子，村长想，他接过于老茂递上来的一支“春耕”烟，点上，抽抽，愣了一会儿，去了于喜开家。于喜开喂了几栏猪，下雹子也没砸死猪，他应该交割头税。

于喜开正歪在炕角的被窝垛上哼哼，村长问他怎么了，他说他正在拉红白痢疾。

村长说：“这月份哪有闹痢疾的？”

于喜开说：“刚才我还拉了多半碗呢。”

于喜开的媳妇从自来风炉子上拿下个水氽要给村长倒水喝，村长推开碗便说税。

于喜开哼哼得更厉害了，说他这红白痢疾就是猪传给他的，说他那几栏猪眼下都得了红白痢疾，说得了红白痢疾说死就死，不论是人还是猪。死猪又不能卖，不卖猪还交什么割头税。

村长说：“于喜开，你拉痢疾有什么证据？”

于喜开说：“半碗痢疾还在茅厕里，不信去看看。”

村长说：“于喜开你他妈真不是东西！”

于喜开说：“主要是这红白痢疾他妈的不是东西。”

村长去找光棍儿于海，于海在坡上有几棵花椒树。于海说：“我把我自个儿当税交了吧，正愁没人给做饭哩。到了乡里叫干什么干什么，管吃管住就行。”

村长又去了几家，各家有各家的说法。最后到了于四嘎家。于四嘎不让村长进门，在门上贴了副对子：“自古未闻屎上税，如今放屁也拿捐。”

会计还在打他的算盘，村长就给他念这副对子，一边咝咝哈哈地捂着腮帮子。他正在上火，牙床子肿着。

会计说："看，听你念对子，叫我打错了算盘。"

村长说："还有个什么打的，打来打去，也是差六百。"

会计说："大清早的你就这么大忘性，不是你非让打来着。"

村长苦笑着说："我就那么一说。"

会计说："当官的一动嘴，小兵子跑断腿。"

村长说："我看你是吃了戗药。"

会计说："我没吃戗药，我吃了半块月饼。"

村长说："八月十五早过了，哪儿来的月饼？"

会计指指桌角一个黄纸包，说是于四嘎刚才送来的，头天没让村长进门，他表示歉意。

村长扒拉开纸包，拿出一块月饼送到嘴边咬，咬不动，这才开始端详这块被称之为月饼的月饼。月饼上的花纹模糊不清，只隐约地看出"提浆"二字；放在桌上磕磕，简直比做月饼的木头模子还硬，简直像从于四嘎家祖坟里刨出来的物件，村长想。他的牙更疼了。他扔下月饼看会计，会计手下的算盘噼里啪啦又一阵紧响，表演一般。村长烦躁起来，便说："别要把你那算盘了行不行？"

会计停住手说："怕是你还要把不了这几下子。"说着，脸上带出明显的不悦。

村长伸出巴掌把会计的算盘一拍说："我要是会要算盘就把你辞了。"

会计不紧不慢地说："辞了我不打紧，你别拿算盘撒气，没看见快散架了。”

村长看看算盘，两头用细铅丝箍了好几道，是快散架了。可是，他听不得会计那不紧不慢的口气，那不紧不慢的口气像是故意激他。

会计这一激，村长的牙果然又疼了些，火气果然又盛了些。他抓起算盘哗啦啦地就摇，摇着说着：“散架就散架，不就是架算盘！”

会计扑上去夺算盘，说：“一架算盘也得十来块钱！”

村长把算盘背到身后说：“居士村凑不上税钱还买不起一架算盘！”说着举起算盘就往墙上摔，算盘散了，算盘子儿溅得到处都是。

会计在这时才真正变了脸。他心疼这架算盘，他心疼这一盘被他摩挲了许多年的算盘子儿，这一盘光润如珠的算盘子儿显示着他的为人。虽然居士是个穷村，可会计从来没在算盘上做过对不起村人的事。现在村长摔了他的算盘，就好比模糊了他的为人，于是他决心要还击一下村长。他打算把桌上的一只暖壶投过去，转念想到一只暖壶也得七八块钱，何况村委会就这么一只，就放过暖壶找别的投村长。这空空荡荡的屋里实在找不着别的，除了桌椅就是一盘炕，炕上只有一领破了边的炕席。于是会计奔到炕边去掀炕席——炕席经摔。

会计掀起炕席，村长早抓起了月饼。这月饼不好吃，好用，放在手上沉甸甸的，像铁饼。

村长说着“看家伙！”一块月饼从他手上飞出去，正砸中了会计的膀子。

会计领略了月饼的分量，也奔到桌角去抓月饼。

他们相互投掷了起来，十几块月饼眨眼间就用光了，最后一块砸在玻璃上，“扑嚓”一声玻璃碎了，招来门外一些看热闹的人。为首的是光棍儿于海，他望着屋内两个愤怒的人说：“稀罕啦，怎么共产党打开了共产党啦！”

村长和会计用完了月饼，或许想到就此罢手的，但是因了这些围观的人，他们变得欲罢不能了。他们各自把住桌子的一方高喊着，开始了战前的叫阵。

村长说：“今儿个我豁出去了！”

会计说：“我也豁出去了今儿个！”

村长说：“有本事你出来！”

会计说：“不出来算你没本事！”

村长说：“出来呀你！”

会计说：“你出来呀！”

于是他们真的觉出了这屋子的窄小，真的觉出了出来的必要。于是他们奔到院里，面对面地望着，原来院子也狭窄了。

“咱们河滩上见，砸骨头去！”村长说。

“妈的砸就砸！”会计说。

“砸不烂你我不姓于！”村长说——村长姓于。

“砸不酥你我不姓李！”会计响应着——会计姓李。

“妈的砸！”村长叫着。

“砸个妈的！”会计叫着。

村长在前往河滩里走，会计在后走向河滩，河滩就在居士村西。

居士村里许久没有人砸骨头了。砸骨头是居士村男人之间战争的极致。每当他们由争吵到扭打,由扭打到打得不知怎么打的时候,便会从心底升发出砸骨头的愿望。一句砸骨头的过瘾宣言,会使他们的骨头缝里立刻迸射出寒气。这寒气能叫他们的眼睛冒火,嘴唇哆嗦。当他们真的在河滩里的鹅卵石上站定,他们在彼此的眼里便真的没了皮肉,眼前只晃动着一副骨头架子,亟待对方去砸酥。这便是砸骨头和上河滩之间的必然联系。

村长和会计来到河滩,一人抄起一块鹅卵石,开始了他们的战争。他们互相躲避着对方投来的石头,他们又互相伺机将石头砸向对方。鹅卵石穿梭般地在他们之间飞起来,很快他们都挨了对方的石头。村长砸破了会计的脸,会计砸了村长的额头。他们都流了血。血再次鼓荡起他们的激情。他们望着各自对面的血人儿,发出愤怒的呻吟:“啊哈!”“啊哈!”

绿幽幽的河水哗哗地流向远方,太阳跃上山巅,照亮了河对岸那陡峭的黛色山壁,照亮了那满坡遍野金红的荐草。晨风吹拂着它们,像吹拂着女人热烈的头发。太阳照耀着河滩,河滩上聚满了村人。倘若有不知情的外人闯入其间,会以为人们正在这个灿烂的早晨欣赏两个男人豪迈的舞蹈。

村长和会计确也逐渐地砸出了章法,他们的喊声也逐渐地显出了韵律:

“我就不信我砸不烂你!”村长喊。

“我就不信我砸不烂你!”会计喊。

“砸不烂你我是大闺女养的!”村长喊。

“砸不烂你我是大闺女养的!”会计喊。

“砸你个大闺女养的！”村长喊。

“砸你个大闺女养的！”会计喊。

“砸你个大闺女！”村长喊。

“砸你个大闺女！”会计喊。

“砸你……”

“砸你……”

后来声音在他们中间突然消失，他们住了喝，只一门心思地砸下去，直砸得天昏地暗，直砸得眼花缭乱，直砸得赤身裸体，直砸得两个血人儿突然想搂抱在一起。于是两具遍体鳞伤的身子扭结了起来，扑通倒在了河滩上，朝着绿幽幽的河水滚去。

围观的村人这才关心起村长和会计的命运。于老茂连忙寻找起交战双方的女人，于四嘎想起应该给乡里挂电话。

村长和会计的媳妇正远远地站在一起，事情一开始她们就不曾劝慰她们的丈夫。她们就那么安静地站着，像是心中有数，又像是一无所思。只待她们的丈夫双双滚进了河里，她们才一前一后各回各的家，各自拿来了洗得干净、叠得平整的衣裤，拿来了撕成宽条的白布，拿来了烧酒走下河滩。她们各自的丈夫，在这时正搀扶着彼此的胳膊踉跄着往河岸上爬。

围观的村人退到了远处，只有这两个媳妇敢于面对鼻青脸肿的裸体丈夫。她们安抚着他们在河滩上坐下来，为他们擦净身子，穿上干净的衣服；她们用烧酒为他们清洗伤口，将撕好的白布缠在他们血痕斑斑的头上。

已近正午，河水变得白花花地刺眼，村长和会计互相看看，觉得对方很模糊,模糊得像个半截石碑。他们都笑了,觉得脸上头上很凉爽。

村长眯着乌青乌青的眼睛对会计说:“上谁家?”

会计眯着乌青乌青的眼对村长说:“上你家。”

会计的媳妇则对村长说:“上我家吧,知道中午有用,刚才我买了驴灌肠。”

村长的媳妇就对会计的媳妇说:“待会儿我把枣酒送过去。”

他们出了河滩往家走,村人也出了河滩往家走,于老茂、于喜开、于四嘎和光棍儿于海也一路沉默着往家走。

他们去了会计家。会计和村长在炕桌上就着驴灌肠喝枣酒,两个媳妇站在炕下照应。

两人先是用三钱的酒盅,后来换了五钱的酒盅,再后来改用了茶碗,再后来上了饭碗。村长捧着饭碗刚喝两口,就呜呜地哭了起来。他哭得是如此地伤心,如此地软弱,如此地无所顾忌,如此地没有出息,好像一个受了冤屈、无处倾诉的窝囊孩子。他哭着,抽抽噎噎地说:“谁叫我没本事呢,生是要不出这六百块。”

会计没有劝阻村长的哭,只说他盘算了一下,想把给儿子定亲的二百先垫出来。他问了媳妇,媳妇在炕下说:“嗯哪。”

村长不再哭了,说他也盘算了一下,把给儿子盖房攒的三百先垫出来。他问过媳妇,媳妇也在炕下说:“嗯哪。”

“剩下的那一百呢?”会计问村长。

“也让别的干部们凑凑。”村长说。

村长和会计放下碗睡了,四仰八叉地打呼噜。

傍黑，乡长骑车赶到居士。从乡里到居士三十里地，尽是坎坷的山路，自行车好比是陪衬。只待进了村，乡长才把它骑了一会儿。乡长进了会计的家，会计和村长还睡在炕上。乡长闻着满屋子酒气，虎着脸问会计的媳妇："这是为什么，又砸骨头又喝酒的！"

媳妇说："也不为什么。"

乡长说："给我把他们叫醒。"

媳妇轻声说："怕是得明天了。"

明天了，又是一个阳光灿烂的早晨。乡长带着村长和会计要回乡政府，还说，这件事要在全乡通报，通报这两个不嫌寒碜的干部。此外，带他们去乡里还有两个目的，一是在乡里边检讨边学习，二是去乡卫生院打打消炎针。

睡了一夜，村长和会计的脸更肿了，肿脸把眼睛挤得只剩了一条缝。

村长和会计头上缠着白布顺着河滩走，于老茂领着一伙村人追了上来，交给会计一个纸包，说六百块钱和一张清单都在里头，说正好顺便交到乡里。

会计眯着肿眼审核着清单，数了钱，钱和清单竟是分毫不差。会计和村长不约而同地看居士村，居士村口聚集着更多的乡亲。村长和会计都有点心酸，这纸包像是居士村给他们意外的馈赠。

村长和会计越走越远，站在村口的人渐渐看不见他们的身子，只见两个大白脑袋在太阳底下晃。

秋风吹拂着漫山遍野金红的荐草，像吹拂着女人热烈的头发。好山好水，居士村理应是个富裕的地方。

秀色

沿太行山西麓一直向上，是个名叫秀色的村子。秀色山高路陡，树木也欠繁茂，只聚集着几十户人家，可秀色有名。

秀色有名，不在于它的山高路陡，不在于它的村民稀少，也不在于它这别致的称谓——秀色。深山老峪里别致的称谓很多：村名有叫居士、学府的，人名有叫张品、李哲的。这些奇而不怪的名字不知源于何人之口，但在山里人听来并不一惊一乍。他们麻木不仁地招呼着张品、李哲们，也麻木不仁地向远来的生人报上自己的村名：秀色。在他们看来，这些名字又与狗剩儿、拴柱、马家沟什么的有何高低之分呢？然而秀色实在是有名。

秀色的出名，在于它的缺水。老辈子人说，远自光绪年间，这里的水源就绝了。人说皆因有一年“二月二”龙抬头那日，村中有人犯了忌讳，放筲下井提了水。筲落井中，砸伤了龙王的眼，龙王一怒，给秀色断了水。但是祖祖辈辈的秀色人就这么活下来了，他们无一户迁徙，就那么渴着自己，茫然而又孤傲地守着干涸的家园，守着村里唯一的一眼枯井。老辈子人说，这口井闹日本那时候就是干的。说它是井，不如说是个井的意思，一个曾经有水的象征。秀色的人家就生活在水的象征里，正应了“望梅止渴”“画饼充饥”这样的典故。

吃水要走一百里路下山去背，一百里外的半山腰有一股芦苇粗细的泉眼，是秀色人的命根子。秀色村里的男人们背上半人多高的木桶，揣上干粮，日夜兼程地赶到泉眼。那时的泉眼跟前多半已有早到的村人正排着队。于是后来者排在人后，一边伸长脖子吞咽着干粮，一边用两辈子的耐心注视着那芦苇粗细的泉水是怎样缓慢又艰难地灌满一只只硕大的木桶。排队，等水，从天亮等到天黑，在秀色的男人们是平常的事情。他们一个整天也没人说话。他们闭住嘴，用耳朵听着泉水，就仿佛枯干已久的耳朵也需灌满水声。待到自己的木桶也终于满得不能再满时，他们会疯了似的匍匐在泉眼上，敞开喉咙再把自个儿灌个死去活来。然后他们背桶上身，腾出位置，或单独，或搭伴地重返原路，日夜兼程地回到秀色。回程是艰辛的，水的重量自不必说，紧要的是水的金贵。男人屏息敛气地在山路上跋涉，力争不让一滴水丢落在途中。跋涉令他们很快就耗尽了体内的水分，他们受着脊背上那水的诱惑，恨不能跳进桶里淹死自个儿。但因为他们是男人，他们想到了责任。他们至多会在歇脚时探头桶内看一看这水的形状，嗅一嗅这水的气息。清亮的泉水照见了男人皴皱的脸，也似乎映出了一家人渴望的容颜。于是他们鼓起力气，再次启程，拔开精瘦的双腿赶路。也有人家使毛驴下山驮水的，可更多的人家觉得不划算。在秀色，多一个畜生与人争水，就不如没有这畜生。

水被男人长途跋涉背回家来，是要上锁的。在秀色，值得上锁的东西只有水。家家都有阔大的桦木水橱，木桶安放进水橱，水橱用铁锁锁住。三几寸长的铁钥匙挂在一家之主的腰间，显示着主人的尊严，也显示着水的神圣不可侵犯。秀色人都知道那条与邻人相处的规矩：借米借面不借水。外村人来秀色串亲戚，也都知道不带米不带面只需带水，水就是最珍贵的礼。大人拎个大瓦罐，小人拎个小瓦罐，拎着水瓦罐的亲戚在秀色会被待为上宾。

秀色人使水也讲究，须使到极致方可将水“放”走。一瓢水先是洗脸，再是洗菜，然后馏锅。等锅里的饽饽蒸熟，舀出馏锅水或喂猪，或待到下顿饭再折回锅里。

说到洗脸，那大半是姑娘家的事。娘儿们汉们是不洗脸的，他们已经没有洗脸的概念。只是那些有姑娘的人家，姑娘在一家之主掏出钥匙打开水橱的锁时才会请求一声：“叫我先洗把脸吧！”她们一边请求，一边为自己这奢侈的心思感到愧疚；愧疚着，又非要说出这奢侈的请求不同。水的匮乏使姑娘们的眼睛失却着光泽。她们面色暗淡，呼吸也不够清爽，发辫荒草一样纠缠在头上。水的匮乏不仅截断了秀色人的欢颜，还使秀色人即令在悲痛时刻也悲痛得不那么彻底，不那么专注。他们会在痛哭的高潮中猛地发现眼里流出来的是水而不是泪，他们便想方设法让眼中溢出的咸涩液体井然有序地再流进自己的嘴。而姑娘们大哭时更注重的是容貌的需要，她们不失时机地伸出双手以泪洗面。以泪洗面之后的姑娘，容貌异常鲜灵，加之眼皮的微红，鼻翼的微肿，上了艳妆一般，在村眉土眼的乡亲中间，闪电似的，煞是耀眼。悲痛在这时就退到了一个尴尬的角落。悲痛是什么，还有比没水更大的悲痛么？

秀色人是名副其实地靠天吃饭。村口最洼处垒了个蓄水池，他们盼望夏日池中有雨水，冬季池中落白雪。虽然，这两样东西在秀色并不多见。下雨的日子是秀色人狂欢的日子，他们会倾巢出动，站在大雨中淋浴，娘儿们汉们一律半裸着自己。而后是搬出家中所有的器皿迎雨水进家。下雪的日子也是秀色人狂欢的日子，他们会倾巢出动，不分男女老幼地趴在雪地上，没时没晌地吞咽积雪。他们往往被雪撑胀了肚子，孕妇一般叉开腿歪坐在雪地上，吭哧唉哟地叫着，难受得不行。难受着，手却止不住，手依旧大捧地往嘴里塞着雪；难受着，才想起把吃不尽的慢坡大雪归入村口那长年空旷的蓄水池。雪在池中结成了冰，村干部便将冰块砸碎，拿秤约着分给村民。有个叫李老哲的村长，"文化大革命"时让村人斗得不轻，罪名便是那年腊月村里分冰块，他倚仗权势给自家多分了十斤。秀色村也搞过"文化大革命"。

秀色的名声更远了，方圆百里的村寨，那些当娘的吓唬闺女时就说："小丫头片子再不听话，长大把你嫁到秀色去！"众人哄笑起来，秀色的现任村长李哲（李老哲的儿子）便怀了小地方的自尊和不快正色道："论风水，别处还比不了我们秀色，唐朝李家做皇帝时给选下的地方。"有嘴快的人就说："风水风水得有风有水，你秀色还缺着风水里的一大项哩。"李哲便道："除了没水，我们什么没有哇？"有人就更显尖刻地说："连水都没有，还能有什么呢？"一句话噎得李哲羞愧难当。

连水都没有，还能有什么呢！这是咒语。那么，该找水脉吧，该打井吧，该上县、上省请打井队吧。从前些年，李老哲当村长的时候，这些事都办过。本县的打井队一听秀色就犯怵，且不说井打得成打不成，就是走一趟秀色，又有多难！没有路，只有一个窄窄的陡坡，从县城出发一趟一百五十里，机器又怎么上去？李老哲就从三百里外的山前请来一个外县打井队。打井队进了村，村人像皇上一样地供着。男人们成群结队地背上木桶远征百里之外专为打井队背水回来，尽他们吃喝洗涮；女人们则变着法儿地为打井队琢磨秀色最好的饭菜。秀色活泛起来了，扭曲的龟背石街道整日鸡飞狗跳。可是，男人脊背上的泉水和女人精心炮制的饭菜拢不住打井队的心，只二十天，他们便熬不住了。他们抱怨，住得不济，吃得粗糙，还有水的拮据。也怨不得他们呀！没住过秀色，就不知道什么叫水。他们有点儿后悔自己的不知底细，他们料定在这儿打不出水。在一个早晨，当秀色的男人们又一次成群结队下山为打井队背水的时候，打井队就打算不辞而别了。对一个少了男人的村子，他们怎么做就怎么是。他们以为。

他们没有想到，他们被几个妇女截在了村口。为首的一个媳妇人称张二家的，也不急也不恼，只奓开臂膀冲着打井队的头把式说："回去吧，嗯，你们走不了。"

头把式打量着眼前这几个蓬头垢面的妇女，回敬张二家的说："什么叫个走不了？怎么个走不了？"

张二家的仍旧奓着臂膀，仍旧不急也不恼，她说："我说走不了就是走不了。"

外县这走南闯北的打井队，有土闹儿的技术，更兼一身的匪气，眼下却一时想不好如何对付这几个不温不火的妇女。

他们退回到村里。

当晚,张二家的砸开桦木水橱的铁锁,将木桶里的存水挥霍一空,把自己洗了个通体透亮。那橱中的水本是她一家三口半个月的用项。另几个与她有约在先的媳妇,也都砸了自家水橱的铁锁,仔细洗过自己。然后,她们相跟着出了家门,涌进了打井队的窝棚。

她们进得窝棚,像高空的霹雳,像沟壑里的野风,像乱坟岗上擦着荒草飞翔的幽灵。她们的突如其来和这突如其来的一身光彩令窝棚里的男人猝不及防。他们被吓着了。直到张二家的又重复起早晨的话:“我说你们走不了就是走不了。”把式们才认出这便是早晨村口上那几个蓬头垢面的妇女。水把张二家的涤荡得如此夺目,像山妖,又好比丛林中面颊丰饶的仙女。她脱掉四蓬棕织出的花格布罩衣,露出洗尽泥垢的健硕的胸膛。她整个儿地俘虏了打井队的头把式……“只要你给我们打出水来,只要你给我们打出水来!”她在他的身子底下大义凛然地说。

打井队的其余人,掳走了其余的媳妇。

打井队留下来了,又留在秀色二十天。井架又支起来了,夯声又响起来了。整整二十天,秀色的女人昼夜心甘情愿地贡献着自己的身体。她们出着大力,思念着她们那背着水桶跋涉在山间的出着大力的男人。背水回来的男人们看看水橱上砸落的锁,看看女人的气色,他们闭一闭眼,把心一横,并不找女人的茬子,只拼了命似的去帮把式们打井。

女人笼络了打井队的精气神,打井队却笼络不了那深奥的水脉。他们在女人身上和井身上都使绝了力气,秀色终是无水。

打井队走了,走得自惭形秽。他们走南闯北给秀色扬名。他们说，在秀色打井是没门儿，忘不了的是秀色的娘儿们呀。人问怎么个忘不了？他们说："少有的热。嘴热，心热，还有……哪儿哪儿都热，烫死你呢！"

秀色的名声更远了。私下里，人们传播着秀色娘儿们的烫人之处；当着秀色人，就只说些李老哲贪污过十斤水的事。李老哲的儿子，现任秀色村长李哲听见过这公开的调侃，也明悉那些私下的议论。他熟记在心的是那句咒语：连水都没有，还能有什么呢！

打井！他想。

妈的打井！他忍。

请正儿八经的打井队，妈的！他想。

李哲就去了县水利局。从大跃进到今天，水利局长少说也换了十几任，每一任局长都熟知秀色的事情。水利局长冲着李哲嘬牙花子。这时一个新来的技术副局长人称李技术的，专注地听了李哲的讲述，说："秀色，好名字。"

"名字好，人也不赖哩。"有知情者暧昧地对李技术说。

"李技术去吧，李技术去最合适。"又有人暧昧地撺掇着。

他们跟这个从省里下来的年轻领导开着并不当真的玩笑。他们心说，天老爷，敢去秀色，是闹着玩的？

他们不曾料到，李技术跟上李哲，花半个月的时间仔细勘查了秀色山脉的走向，找准了水脉。他说他料定秀色有出水的希望，他决定带齐人马上秀色打井。这时他还想起了那句有名的话：世界上怕就怕认真二字。

秀色本无行车的路，李技术就差人到城关村里去借驴。打井的机器该拆的拆，该卸的卸，由一只驴队驮着上了山。

早春时节，水利局打井队进驻了秀色。李哲不让打井队住帐篷，把他们精心地散到户里去。李技术被他安排在张二家的东屋。张二家的有个十七八的大闺女叫张品，是秀色的姑娘里出众的人物。

男人们成群结队地背上木桶远征百里之外专为打井队背水回来，供他们吃喝洗涮；女人们变着法儿地为打井队琢磨秀色最好的饭菜：蒜泥"苦累"，黄米蒸糕，荞麦窄铬……秀色又一次活泛起来，扭曲的龟背石街道整日鸡飞狗跳。

李技术领导的打井队却不似从前的那一支。他们像秀色人一样地怜惜水。他们不洗脸，也免却了刷牙的习惯。李技术常把张二家的端进东屋的水又端回去，对张二家的说："锁上，细水长流吧。"

张二家的说："给水上锁，叫外人笑话呢。"

李技术说："谁是外人，是我？"

张二家的说："你不是外人也是个客。"

李技术说："共产党什么时候成了老百姓的客？"

张二家的闭了嘴，仔细端详李技术。短短数日，李技术的脸也蒙上了尘垢，头发老长，胡子拉碴，与秀色人相差无几了，扔到秀色人堆儿里，不好认出他来。

二十天了，井是越打越深，人是愈来愈瘦，还是不见有水。村里的气氛渐渐地慌乱了，张二家的也有些沉不住气，嘀咕着：莫不是，又到了从前经历过的那关口？

越是沉不住气，张二家的便越是一趟趟地到李技术的东屋去。她从不空手，她给李技术端一碗水。她看着他那裂着血口的嘴和裂着血口的手,对他说:“你要不是客,就当着我的面把这碗水给我喝了。”李技术笑笑,不喝。

不喝,就还是个客。是客,还不是想走就走么。一碗水再金贵,也留不下一个打不出水来的打井队吧。一碗水摆在李技术眼前,是秀色人寒碜的心意,但也是试探,是诱惑。李技术心领了。他知道张二家的惧怕的是什么,他什么也不多说,心里铆足了劲儿,井上见高低吧。

做饭时,张二家的对闺女张品说,一天天的不见出水,怕是留不住他们呢。张品说,谁说的?张二家的说,我说的。张品说,从前娘是怎么做来着。张二家的说,别提了,从前的娘。张品说,不提我也知道。可全村老幼,谁敢戳你们脊梁?张二家的说,你怎么想?张品说,小学三年级,老师给我们讲过一个词:壮烈。张二家的说,什么叫壮烈?张品说,娘,你不懂,你老了。

张二家的老了,张品不老,正是待放的花朵。再不见水,秀色就没了指望了,她想。再不见水,她的青春也就灭了,她想。张品小学毕业,知道青春是什么,更知道青春在秀色的位置,是次于水的。

晚上,张品望着正屋里上了锁的水橱,对娘说:“叫我砸了它吧。”张二家的问她干什么,张品低了头说:“洗洗。”

张二家的明白了,却不上手。

张品亲手砸了铁锁,将水挥霍一空。

后半夜,李技术从井上回来了。进了东屋,灯也不点,烂泥似的和衣倒在炕上。井不出水,他也有些灰心:莫不是自己心高气盛一味逞能,该不会在秀色的乡亲跟前打了眼吧。他翻身、叹气,叹气、翻身。这时炕角一阵蠕动,李技术惊问道:“谁!”“嚓”的一声火柴响,灯龛里的油灯亮了,从丘陵似的灰褐色羊毛毡里拱出一个雪白的人儿。

来到秀色,李技术还没见过雪白的东西。秀色村民那久不见水的脸使他们看上去一律地面目不清。这些面目不清的脸常使李技术一阵阵心酸。现在他看见一团白光从他的炕角冉冉升起,他想,这是个人吧。他终于看清了,这是房东的女儿张品。

李技术问张品为什么在这儿,问着,他本能地跳下炕,背过脸。

张品不说话,索性抖落掉羊毛毡的遮掩。

李技术感觉到了她这抖落,也知道了此刻在他的炕上有一个赤裸的姑娘。这事实让他意外,他只一味背着脸说:“你的衣裳呢?快穿起衣裳。”

身后的张品回话说:“今儿黑夜我没有衣裳。”

有了第一句,就不怕再有第二句了。一直在炕角发抖的张品这时忽然镇静住了自己。她盘起腿,坐直了身子。她的身子映着油灯,衬在乌黑的墙上是如此巨大而又明媚;她那张从未见过天日的小脸,是方才那撒泼似的使水,才把它弄成这样熠熠发光。她的呼吸是清洁的,她的嘴唇丝绸一样可人,她的长发受了水的滋润,无比柔韧地缠在肩上。她在勾引一个男人,光明磊落,直白放肆而又纯净无邪。她毫无经验,心中只有信念。她要完成她娘那辈没有完成的。她要活命,而水才是秀色人祖辈的命脉。她希望自己能够摆布李技术,或者去受李技术的摆布。她又对他说:“今儿黑夜我没有衣裳。”

李技术仍然背着脸说:“别胡来啊,没有衣裳也要穿起衣裳!”

张品说:“胡来！我是胡来?”

李技术说:“不是胡来你为什么这样?”

张品说:“我为什么这样?就为了给你看看。我使尽了全家半个月的水,就为这。你敢不看一眼么?你还敢说胡来！”

李技术鬼使神差地转过脸来。他诅咒着自己的软弱,但他看见了他一辈子也没见过的美好的东西。一个称谓响雷似的滚过他的脑际:秀色！他的心中一阵阵痛楚,他退到门口,很快就又低了头,只一连声地对张品说着“快走快走！”

张品稳坐炕上,她说:“你不答应我就决不快走。”李技术问答应什么。张品说答应我睡在你的炕上。李技术说那么你睡,我走。张品问你往哪儿走。李技术负气似的说:“往山下走,下山,回家！”

张品忽地蹿到炕沿,她跪着,咬着牙说:“这才是你的心里话。我早就看出来了,白搭！纵是把一村子人的心挖出来,也换不来你们给打一口井。白搭！该给的都给了,没给的就剩我们这些闺女了,你……”

“你不能这样,你不能！”李技术截断张品的话,不忍再往下听。

“你害怕了?”张品说,“你不敢要。你敢不要,怕是不行！”她说着,腾地站了起来。她赤子一般站在这狭小的炕上,油灯骤然间把她的影子放得如此巨大,铺天盖地,活像个自天而降的女巨人。李技术须仰视才能看清她那因愤怒而涨红的脸。他从门口奔过来制止她,“坐下坐下！”他说。她就势扑进他的怀,双手箍住他的腰。他一阵紧张地挣扎,心在擂鼓。他激她似的喊着:

“放手啊你,你怎么是这样没有廉耻！”

李技术的话终于使张品松了手。她又退回到炕角的羊毛毡上。她说:“在没有水的地方,你还指望谁有廉耻呢?”

李技术心中一惊:没有水的地方,人们确是迟早要丧失廉耻的吧。

“可是,没了廉耻,就有水了吗?”李技术反问张品,并趁机再次退到了门口。他注视这个热烈而邪性的姑娘,奇怪地发现自己已不像最初那样慌乱。他们互相看着,张品又一次开始了她的进攻。“我要睡在你的炕上。”她说。

“我不能。”他说。

“为什么他们都能就你不能?”她说。

“谁们?”他说。

“从前的打井队,我娘那时候。”她说。

“我是……我是个……”

“你是个共产党的干部。”她说。

“你不相信共产党?”他说。

“我就相信共产党的干部也是人。”她说。

“人和人不一样。”他说。

“那你用什么保证打不成井就不离村?”她说。

“我用共产党的名义保证。”他说。

“从前的村长李老哲也是共产党,他给自己家多分过十斤冰!”她说。

“李老哲的儿子李哲也是共产党,不是他把我们领来了么。”他说。

"那是李哲。"她说,"谁知道你呢。"

李技术叹了口气,他很想跟张品讲一讲人类最基础的社会文明——水利文明;他很想跟张品讲一讲遍及中美洲的玛雅文化后来是怎样毁灭在水的危机之中;他很想跟张品讲一讲汉字"刑"的起因,那本是奴隶社会因水的战争而起的啊。可是他叹了口气,只说:"我老家也是个缺水的地方,我爷爷和两个姑奶奶都是渴死的。我知道水是什么分量。"

天亮了,他们不再有话。李技术揉揉通红的眼往外走。张品问他到哪儿去,"打井!"他说。

隔了一天,李技术从张二家的东屋搬了出去,打井队其余人也从各户搬了出去。他们在井边搭了帐篷,吃住都在帐篷里。张二家的问张品:"这是怎么啦?"张品听着震耳的打井声,对张二家的说:"娘,你老了,你不懂。"

李技术率着打井队疯了似的打井,头发不剃,胡子不刮,身上酸臭扑鼻,山鬼似的。冲击钻狠狠地刺向井的深处,每刺一下李技术就在心里说:这下是为张品的!这下是为张品的!这下是为张品的!这下还是为张品的!这下还还是为张品的!这下还还还是为张品的!他没有想过这一下下地为着张品有什么不妥。张品原本就是一村子的尊严,一村子的青春。九九八十一天,打井队没人下山回家;九九八十一天,他们终于把井打出了水。

是个初夏的艳阳天,秀色人得意忘形的日子。在出了水的井边,他们先是对这井中的甜水又惊又怕,生怕这不过是土炕上的一场大梦。而后他们才放开肚量畅饮,他们让这久违了的甘凉的水给醉得东倒西歪。他们抬起李技术，不断地把他抛向半空。不断在空中翻腾的李技术，这时候非常想在人群中找到张品。他弄明白了一件事：那个羞耻的晚上，羞耻的本不是张品，羞耻的该是他本人。他还感到了一点儿恐惧，他想着共产党的打井队若是给老百姓打不成井，最后渴死的不是自己又是谁呢！

他想着，挣脱了抛他上“天”的人。他落在地上，拨开沸腾的人群，拨开山道上突然怒放的花丛：酒一样醉红的对叶梅，雾一样摇曳的波斯菊。他跃上路边一块山石，一眼就看见了正仰面看他的张品。他挥一挥手，想做一个发言吧，想把心里的话告诉乡亲吧。他脚下的山石松动了，他仰身折了过去，身后是万丈悬崖。只一瞬间……任谁也找不到他了。

又过了两年，秀色的名声更远了，千里之外竟有人来秀色的水井讨水喝。都知道这是一口不绝的旺井，都知道这井里的水养身又养颜。有专家鉴定过这水的成色，秀色人做起了水的生意，卖水进城了。村人说给水起个名儿吧，反正得注册商标。李哲说秀色，就叫秀色。小学文化的张品说：“叫秀色，点儿，李。”

形成文字就是：秀色·李。

秀色·李是个不伦不类的水名，可秀色人听起来并不一惊一乍，心里都明镜似的。

永远有多远

你在北京的胡同里住过吧？你曾经是北京胡同里的一个孩子吧？胡同里那群快乐的、多话的、有点儿缺心少肺的女孩子你还记得吧？

我在北京的胡同里住过，我曾经是北京胡同里的一个孩子。胡同里那群快乐的、多话的、有点儿缺心少肺的女孩子我一直记着。我常常觉得，要是没了她们，胡同还能叫胡同么？北京还能叫北京么？我这么说话会惹你不高兴——什么什么？你准说。是啊，如今的北京已不再是从前，她不再那么既矜持又恬淡、既清高又随和了。她学会了拥抱，热热闹闹、亦真亦假的拥抱，她怀里生活着多少北京之外的人啊。胡同里那些带点儿咬舌音的、嘎嘣利落脆的贫北京话也早就不受待见了——从前的那些女孩子，她们就是说着这样的一口贫北京话出没在胡同里的。她们头发干净，衣着简朴（却不寒酸），神情大方，小心眼儿不多，叫人觉得随时都可能受骗。二十多年过去了，每当我来到北京，在任何地方看见少女，总会认定她们全是从前胡同里的那些孩子。北京若是一片树叶，胡同便是这树叶上蜿蜒密布的叶脉。要是你在阳光下观察这树叶，会发现它是那么晶莹透亮，因为那些女孩子就在叶脉里穿行，她们是一座城市的汁液。胡同为北京城输送着她们，她们使北京这座精神的城市肌理清明，面庞润泽，充满着温暖而可靠的肉感。她们也使我永远地成为北京一名忠实的观众，即使再过一百年。

当我离开北京，长大成人，在B城安居乐业之后，每年都有一些机会回到北京。我在这座城市里拜访一些给孩子写书的作家，为我的儿童出版社搜寻一些有趣的书稿，也和我的亲人们约会，其中与我见面最多的是我的表妹白大省(音 xǐng)。白大省经常告诉我一些她自己的事，让我帮她拿主意，最后又总是推翻我的主意。她在有些方面显得不可救药，可我们还是经常见面，谁让我是她表姐呢。

现在，这个六月的下午，我坐在出租车上，窗外是迷蒙的小雨。我和白大省约好在王府井的世都百货公司见面，那儿离她的凯伦饭店不远。她大学毕业后就分配在四星级的凯伦，在那儿当过工会干事，后来又到销售部做经理。有一回我对她说，你不错呀刚到销售部就当领导。她叹了口气说哪儿呀，我们销售部所有的人都是经理，销售部主任才是领导呢，主任。我明白了，不过这种头衔印在名片上还是挺唬人的：白大省，凯伦饭店销售部经理。

出租车行至灯市西口就走不动了，前方堵车呢。我想我不如就在这儿下来吧，世都已经不远。我下了车，雨大了，我发现我正站在一个胡同口，在我的脚下有两级青石台阶；顺着台阶向上看，上方是一个老旧的灰瓦屋檐。屋檐下边原是有门的，现在门已被青砖砌死，就像一个人冲你背过了脸。我迈上台阶站在屋檐下，避雨似的。也许避雨并不重要，我只是愿意在这儿站会儿。踩在这样的台阶上，我比任何时候都更清楚我回到了北京，就是脚下这两级边缘破损的青石台阶，就是身后这朝我背过脸去的陌生的门口，就是头上这老旧却并不拮据的屋檐使我认出了北京，站稳了北京，并深知我此刻的方位。世都、天伦王朝、新东安市场、老福爷、雷蒙……它们谁也不能让我知道我就在北京，它们谁也不如这隐匿在胡同口的两级旧台阶能勾起我如此细碎、明晰的记忆——比如对凉的感觉。

从前，二十多年前那些夏日的午后，我和我的表妹白大省经常奉我们姥姥的吩咐，拎着保温瓶去胡同南口的小铺买冰镇汽水。我们的胡同叫驸马胡同，胡同北口有一个副食店，店内卖糕点罐头、油盐酱醋、生熟肉豆制品、牛羊肉鲜带鱼。店门外卖蔬菜，蔬菜被售货员摆在淡黄色竹板拼成的货架上，夜里菜也那么摆着不怕被人偷去。干吗要偷呢？难道有人急着在夜里吃菜么？需要菜，天一亮副食店开了门，你买就是了。胡同南口就有我说的那个小铺。如果去北口副食店，我们一律简称“北口”；要是去南口小铺，我们一律简称“南口”。

“南口”其实是一个小酒馆，台阶高高的，有四五级吧，让我常常觉得，如果你需要登这么多级台阶去买东西，你买的东西定是珍贵的。南口不卖油盐酱醋，它卖酒、小肚、花生米和猪头肉，夏天也兼卖雪糕、冰棍儿和汽水。店内设着两张小圆桌，铺着硬挺的、脆得像干粉皮一样的塑料台布的桌旁，永远坐着一两位就着花生米或小肚喝酒的老头儿。我觉得我喜欢小肚这种肉食就是从南口开始的。你知道小肚什么时候最香吗？就是售货员将它摆上案板，操刀将它破开切成薄片的那一瞬间。快刀和小肚的摩擦使它的清香“噗”地迸射出来，将整间酒馆弥漫。那时我站在柜台前深深吸着气，我坚信这是世界上最好闻的一种肉。直到售货员问我们要买什么时，我才回过神儿来。“给我们拿汽水！”这是当年北京孩子买东西的开场白，不说“我要买……”而说“给我们拿……”“给我们拿汽水！”“冰镇的还是不冰镇的？”“给我们拿冰镇的，冰镇杨梅汽水！”我和白大省一块儿说，并递上我们的保温瓶。我已从小肚的香气中回过神儿来了，此时此刻和小肚的香气相比，我显然更渴望冰凉甘甜的杨梅汽水。在切小肚的柜台旁边有一只白色冰柜，一只盛着真冰的柜。当售货员掀开冰柜盖子的一刹那，我们及时地奔到了冰柜跟前。嗬，团团白雾样的冷气冒出来，犹如小拳头一般打在我们的脸上痛快无比，冰柜里有大块大块的白冰，一瓶瓶红色杨梅汽水就东倒西歪地埋在冰堆里。售货员把保温瓶灌满汽水，我和白大省一出小酒馆，一走下酒馆的台阶——那几级青石台阶，就迫不及待地拧开保温瓶的盖子。通常是我先喝第一口，虽然我是白大省的表姐。以后你会发现，白大省这个人几乎在谦让所有的人，不论是她的长辈还是她的表姐。这样，我毫不客气地先喝了第一口，那冰镇的杨梅汽水，我完全不记得汽水是怎样流入我的口中在我的舌面上滚过再滑入我的食道进入我的胃，我只记得冰镇汽水使我的头皮骤然发紧，一万根钢针在猛刺我的太阳穴，我的下眼眶给冻得一阵阵发热，生疼生疼。啊，这就是凉，这就叫冰镇。没有冰箱的时代人们知道什么是冰凉，冰箱来了，冰凉就失踪了。冰箱从来就没有制造出过刻骨的、针扎般的冰凉给我们。白大省紧接着也猛喝一大口，我看见她打了一个冷战，她的胖乎乎的胳膊上起了一层鸡皮疙瘩。她有点儿喘不过气似的对我说，她好像撒了一点儿尿出来！我哈哈笑着从白大省手中夺过保温瓶又喝了一大口，一万根钢针又刺向我的太阳穴，我的眼眶生疼生疼，人就顿时精神起来。我冲白大省一歪头，她跟着我在僻静的胡同里一溜小跑。我们的脚步惊醒了屋顶上的一只黄猫，是九号院的女猫妞妞，常串着房顶去找我们家的男猫小熊的。我们在地上跑着，妞妞在房顶上追着我们跑。妞妞呀，你喝过冰镇汽水么？哼，一辈子你也喝不着。我们跑着，转眼就进了家门。啊，这就是凉，这就叫冰镇。

白大省从来也没有抱怨过在路上我比她喝汽水喝得多，为什么我从来也不知道让着她呢？还记得有一次为了看电影《西哈努克访问中国》，我和白大省都要洗头，水烧开了，我抢先洗，用蛋黄洗发膏。那是一种从颜色到形状都和蛋黄一样的洗发膏，八分钱一袋，有一股柠檬香味。我占住洗脸盆，没完没了地又冲又洗，到白大省洗时，电影都快开演了。姥姥催她，洗好头发的我也煞有介事地催她，好像她洗头原本就是一个无理的举动。结果她来不及冲净头发就和我们一道看电影去了。我走在她后边，清楚地看到她后脑勺的一绺头发上，还挂着一块黄豆大的蛋黄洗发膏呢。她一点儿也不知道，一路晃着头，想让风快点儿把头发弄干。我心里知道白大省后脑勺上的洗发膏是我的错误，二十多年过去，我总觉得那块蛋黄洗发膏一直在她后脑勺上沾着。我很想把这件往事告诉她，但白大省是这样一种人：她会怎么也弄不明白这件事你有什么可对她不起的，她会扫你要道歉的兴。所以你还是闭嘴吧，让白大省还是白大省。

我就这样站在灯市西口的一条胡同里，站在一个废弃的屋檐下想着冰镇汽水和蛋黄洗发膏，直到雨渐渐停了，我也该就此打住，到世都去。

我在世都二楼的咖啡厅等待白大省。我喜欢世都的咖啡厅。临窗的咖啡座，通透的落地玻璃使你仿佛飘浮在空中，使你生出转瞬即逝的那么一种虚假的优越感。你似乎视野开阔，可以扬起下颌看远处夕阳照耀下的玻璃幕墙和花岗岩组合的超现实主义般的建筑，也可以压着眼皮看窗外那些出入世都的人流在脚下静静地淌。我的表妹白大省早晚也会出现在这样的人流里。

现在离约定时间还早，我有足够的时间在这儿稳坐。喝完咖啡我还可以去二楼女装部和四楼的家庭用品部转转，我尤其喜欢各种尺寸和不同花色的毛巾、浴巾，一旦站在这些物质跟前，便常有不能自拔之感。我要了一份西班牙大碗，这厚墩墩的大陶杯一端起来就显得比卡布奇诺之类更过瘾。我喝着西班牙大碗，有一搭无一搭地看身边过往的逛世都的人，想起白大省告诉过我，她看什么东西都喜欢看侧面，比如一座楼，比如一辆汽车、一双鞋、一只闹钟，当然也包括人，一个男人或一个女人。白大省的这个习惯有点儿让我心里发笑，因为这使她显得与众不同。其实她有什么与众不同呢，她最大的与众不同就是永远空怀着一腔过时的热情，迷恋她喜欢的男性，却总是失恋。从小她就是一个相貌平平的乖孩子，脾气随和得要死。用九号院赵奶奶的话说，这孩子仁义着哪。

一

白大省在七十年代初期，当她七八岁的时候，就被胡同里的老人评价为“仁义”。在七十年代初期，这其实是一个陌生的、有点儿可疑的词，一个陈腐的、散发着被雨水洇黄的顶棚和老樟木箱子气息的词，一个不宜公开传播的词，一个激发不起我太多兴奋和感受力的词，它完全不像另外一些词汇给我的印象深刻。有一次我们去赵奶奶家串门，我读了她的孙女、一个沉默寡言的初中生的日记。当时她的日记就放在一个黑漆弓腿茶几上，仿佛欢迎人看似的。她在日记中有这样几句话：“虽然我的家庭出身不好，但我的革命意志不能消沉……”是的，就是那“消沉”二字震撼了我，在我还根本不懂消沉是什么意思时，我就断定这是一个奇妙不凡的词，没有相当的学问，又怎能把这样的词运用在自己的日记里呢。我是如此珍视这个我并不理解的词，珍视到不敢去问大人它的含义。我要将它深埋在心，让时光帮助我靠近它明白它。白大省仁义，就让她仁义去吧。

白大省也确实是仁义的。她上小学一年级的时候，就曾经把昏倒在公厕里的赵奶奶背回过家（确切地说，应该是搀扶）。小学二年级，她就担负起每日给姥姥倒便盆的责任了。我们的姥姥不能用公厕的蹲坑，她每天坐在屋里出恭。我们的父母当时也都不在北京，那几年我们与姥姥相依为命。白大省小学三年级的时候，中国很多城市都在放映一部名叫《卖花姑娘》的朝鲜电影，这部电影使每一座电影院都在抽泣。我和白大省看《卖花姑娘》时也哭了，只是我不如她哭得那么专注。因为我前排的一个大人一边哭，一边痛苦地用自己的脊梁猛打椅子背，一副歇斯底里的样子。他弄出的响动很大，可是没有人抱怨他，因为所有的人都在忙着自己的哭。我左边那个大人，他两眼一眨不眨地盯着银幕，任凭泪水哗哗地洗着脸，一条清鼻涕拖了一尺长他也不擦。我的右边就是白大省，她好像让哭给呛着了，一个劲儿打嗝儿。就是从看《卖花姑娘》开始，我才发现我的表妹有这么一个爱打嗝儿的毛病。单听她打嗝儿的声音，简直就像一个游手好闲的老爷们儿。特别是当她在冬天吃了被我们称为“心里美”的萝卜之后，她打的那些嗝儿呀，粗声大气的，又臭又畅快。“老爷们儿”这个比喻使我感到难过，因为白大省不是一个老爷们儿，她也不游手好闲。可是，就在《卖花姑娘》放映之后，白大省的同学开始管她叫“白地主”了，只因为她姓白，和《卖花姑娘》里那个凶狠的地主一个姓。有时候一些男生在胡同里看见白大省，会故意大声地说：“白地主过来喽，白地主过来喽！”

这绰号让白大省十分自卑，这自卑几乎将她的精神压垮。胡同里经常游走着一些灰色的大人，那是一些被管制的“四类分子”。他们擦着墙根儿扫街，哈着腰扫厕所。自从看过《卖花姑娘》，白大省每次在胡同里碰见这些人，都故意昂头挺胸地走过，仿佛在告诉所有的人：我不是白地主，我和他们不一样！她还老是问我：哎，除了和白地主一个姓，你说我还有哪儿像地主啊？白大省哪儿也不像地主，不过她也从未被人比喻成出色的人物，比如《卖花姑娘》里的花妮，那个善良美丽的少女。我相信电影《卖花姑娘》曾使许多年轻的女观众产生幻想，幻想着自己与花妮相像。这里有对善良、正义的追求，也有使自己成为美女的渴望。当我看完一部阿尔巴尼亚影片《宁死不屈》之后，我曾幻想我和影片中那个宁死不屈的女游击队员米拉长得一样，我唯一的根据是米拉被捕时身穿一件小格子衬衣，而我也有一件蓝白小格衬衣。我幻想着我就是米拉，并渴望我的同学里有人站出来说我长得像米拉。在那些日子里我天天穿那件小方格衬衣，矫揉造作地陶醉着自己。我还记住了那电影里的一句台词，纳粹军官审问米拉的女领导、那个唇边有个大黑痦子的游击队长时，递给她一杯水，她拒绝并冷笑着说："谢谢啦，法西斯的人道主义我了解！"我觉得这真是一句了不起的台词，那么高傲，那么一句顶一万句。我开始对着镜子学习冷笑，并经常引逗白大省与我配合。我让她给我倒一杯水来，当她把水杯端到我眼前时，我就冷笑着说："谢谢啦，法西斯的人道主义我了解！"

白大省哧哧地笑着，评论说"特像特像"。她欣赏我的表演，一点儿也没有因无意之中她变成了"法西斯"就生我的气，虽然那时她头上还顶着"白地主"的"恶名"。她对我几乎有一种天然生成的服从感，即使在我把她当成"法西斯"的时刻她也不跟我翻脸。"法西斯"和"白地主"应当是相差不远的，可是白大省不恼我。为此我常做些暗想：因为她被男生称作了"白地主"，日久天长她简直就觉得自己已经是个地主了吧？地主难道不该服从人民么？那时的我就是白大省的"人民"。并且我比她长得好看，也不像她那么笨。姥姥就经常骂白大省笨：剥不干净蒜，反倒把蒜汁沤进自己指甲缝里哼哼唧唧地哭；明明举着苍蝇拍子却永远也打不死苍蝇；还有，丢钱丢油票。那时候吃食用油是要凭油票购买的，每人每月才半斤花生油。丢了油票就要买议价油，议价花生油一块五毛钱一斤，比平价油贵一倍。有一次白大省去北口买花生油，还没进店门就把油票和钱都丢了。姥姥骂了她一天神不守舍，“笨，就更得学着精神集中，你怎么反倒比别人更神不守舍呢你！”姥姥说。

在我看来，其实神不守舍和精神集中是一码事。为什么白大省会丢钱和油票呢，因为九号院赵奶奶家来了一位赵叔叔。那阵子白大省的精神都集中在赵叔叔身上了，所以她也就神不守舍起来。这位姓赵的青年，是赵奶奶的侄子，外省一家歌舞团的舞蹈演员，在他们歌舞团上演的舞剧《白毛女》里饰演大春的。他脖颈上长了一个小瘤子，来北京做手术，就住在了赵奶奶家。“大春”是这胡同里前所未有的美男子，二十来岁吧，有一头自然弯曲的卷发，乌眉大眼，嘴唇饱满，身材瘦削却不显单薄。他穿一身没有领章和帽徽的军便服，那本是“样板团”才有资格配置的服装。他不系风纪扣，领口露出白得耀眼的衬衫，洋溢着一种让人亲近的散漫之气。女人不能不为之倾倒，可与他见面最多的，还是我们这些尚不能被称作女人的小女孩。那时候女人都到哪儿去了呢？女人实在不像我们，只知道整日聚在赵奶奶的院子里，围绕着“大春”疯闹。那“大春”对我们也有着足够的耐心，他教我们跳舞，排演《白毛女》里大春将喜儿救出山洞那场戏。他在院子正中摆上一张方桌，桌旁靠一只略矮的杌凳，杌凳旁边再摆一只更矮的小板凳，这样，山洞里的三层台阶就形成了。这场戏的高潮是大春手拉喜儿，引她一步高似一步地走完三层“台阶”，走到“洞口”，使喜儿见到了洞口的阳光，惊喜之中，二人挺胸踢腿，做一美好造型。这是一个激动人心的设计，这是一个激动人心的场面，是我们心中的美梦。胡同里很多女孩子都渴望着当一回此情此景中的喜儿，洞口的阳光对我们是不重要的，重要的在于我们将与这卷发的“大春”一道迎接那阳光，我们将与他手拉着手。我们躁动不安地坐在院中的小板凳上等待着轮到我们的时刻，彼此妒忌着又互相鼓励着。这位“大春”，他对我们不偏不倚，他邀请我们每人至少都当过一次喜儿。唯有白大省，唯有她拒绝与“大春”合作，虽然她去九号院的次数比谁都多。

为了每天晚饭后能够尽快到九号院去，白大省几次差点儿和姥姥发火。因为每天这时候，正是姥姥出恭的时刻。白大省必得为姥姥倒完便盆才能出去。而这时，九号院里《白毛女》的“布景”已经搭好了。啊，这真是一个折磨人的时刻，姥姥的屎拉得是如此漫长，她抽着烟坐在那儿，有时候还戴着花镜读大三十二开本的《毛主席语录》。这使她显得是那么残忍，为什么她一点儿也不理会白大省的心呢？站在一边的我，一边庆幸着倒便盆的任务不属于我，又同情着我的表妹白大省。“我可先走了”——每当我对白大省说出这句话，白大省便开始低声下气而又勇气非常地央求姥姥：“您拉完了吗？您能不能拉快点儿？”她隔着门帘冲着里屋说。她的央求注定要起反作用，就因为她是白大省，白大省应当是仁义的。果然门帘里姥姥就发了话，她说这孩子今天是怎么啦，有这么跟大人说话的吗，怎么养你这么个白眼儿狼啊，拉屎都不得消停……

白大省只好坐在外屋静等着姥姥，而姥姥仿佛就为了惩罚白大省，她会加倍延长那出恭的时间。那时我早就一溜烟似的跑进了九号院，我内疚着我的不够仗义，又盼望着白大省早点儿过来。白大省总会到来的，她永远坐在一个不起眼的角落，虽然她是那么盼望“大春”会注意到她。只有我知道她这盼望是多么强烈。有一天她对我说，赵叔叔不是北京户口，手术做完了他就该走了吧？我说是啊，很可惜。这时白大省眼神发直，死盯着我，却又像根本没看见我。我碰碰她的手说，哎哎，你怎么啦？她的手竟是冰凉的，使我想起了冰镇杨梅汽水，她的手就像刚从冰柜里捞出来的。那年她才十岁，她的手的温度，实在不该是一个十岁孩子的手的温度，那是一种不能自已的激情吧，那是一种无以言说的热望。此时此刻我望着坐在角落里的白大省，突然很想让“大春”注意一下我的表妹。我大声说，赵叔叔，白大省还没演过喜儿呢，白大省应该演一次喜儿！赵叔叔——那卷发的“大春”就向白大省走来。他是那么友好那么开朗，他向她伸出了一只手，他在邀请她。白大省却一叠声地拒绝着，她小声地嘟囔：“我不，我不行，我不会，我不演，我不当，我就是不行……”这个一向随和的人，在这时却表现出了让人诧异的不大随和。她摇着头，咬着嘴唇，把双手背到身后。她的拒绝让我意外，我不明白她是怎么了，为什么她会拒绝这久已盼望的时刻。我最知道她的盼望，因为我摸过她的冰凉的手。我想她一定是不好意思了，于是我鼓动似的大声说你行你就行，其他几个女孩子也附和着我。我们似乎在共同鼓励这懦弱的白大省，又共同怜悯这不如我们的白大省。“大春”仍然向白大省伸着手，这反而使白大省有点儿要恼的意思，她开始大声拒绝，并向后缩着身子。她的脑门沁出了汗，她的脸上是一种孤立无援的顽强。她僵硬地向后仰着身子，像要用这种姿态证明打死也不服从的决心。这时“大春”将另一只手也伸了出来，他双臂伸向白大省,分明是要将她从小板凳上抱起来,分明是要用抱起她来鼓励她上场。我们都看见了赵叔叔这个姿态,这是多么不同凡响的一个姿态,白大省啊你还没有傻到要拒绝这样一个姿态的程度吧。白大省果然不再大声说“不”了,因为她什么也说不出来了,“咕咚”一声她倒在地上,她昏了过去,她休克了。

很多年之后白大省告诉我,十岁的那次昏倒就是她的初恋。她分析说当时她恨透了自己,却没有办法对付自己。直到今天,三十多岁的白大省还坚持说,那位赵叔叔是她见过的最好看的中国男人。长大成人的我不再同意白大省的说法,因为我本能地不喜欢大眼睛双眼皮的男人。但我没有反驳白大省,只是感叹着白大省这拙笨之至又强烈之至的“初恋”。那个以后我们再也未曾谋面的赵叔叔,他永远也不会知道,当年驸马胡同那个十岁的女孩子白大省,就是为了他才昏倒。他也永远不会相信,一个十岁的女孩子,当真能为她心中的美男子昏死过去。他们那个年纪的男人,是不会探究一个十岁的女人的心思的,在他眼里她们只是一群孩子,他会像抱一个孩子一样去抱起她们,他却永远不会知道,当他向她们伸出双臂时,会掀起她们心中怎样的风暴。他在无意之中就伤了胡同里那么多女孩子的心,当他和三号院西单小六的事情发生后,那些与他“同台”饰演喜儿的小女孩才知道,他其实从来就没有注意过她们,他倾心的是胡同里远近闻名的那个西单小六。为什么一个十岁的小女孩能为一个大男人昏过去呢,而西单小六,却几乎连正眼都不看一下那“大春”,就能弄得他神魂颠倒。

二

西单小六那时候可能十九岁，也可能十七岁，她和她的全家前几年才搬到驸马胡同。她们家占了三号院五间北房，北房原来的主人简先生和简太太，已被勒令搬到门房去住，谁让简先生1949年开过药铺呢，他是个小资本家，而西单小六的父亲是建筑公司的一名木匠。

西单小六的父母长得矮小干瘪，可他们是多么会生养孩子啊，他们生的四男四女八个孩子，男孩子个个高大结实，女孩子个个苗条漂亮。他们是一家子粗人，搬进三号院时连床都没有，他们睡铺板。他们吃得也粗糙，经常喝菜粥，蒸窝头。可他们的饮食和他们的铺板却养出了西单小六这样一个女人。她的眉眼在姐妹之中不是最标致的，可她却天生一副媚入骨髓的形态，天生一股招引男人的风情。她的土豆皮色的皮肤光润细腻，散发出一种新鲜锯末的暖洋洋的清甜；她的略微潮湿的大眼睛总是半眯着，似乎是看不清眼前的东西，又仿佛故意要用长长的睫毛遮住那火热的黑眼珠。她蔑视正派女孩子的规矩：紧紧地编结发辫，她从来都是把辫子编得很松垮，再让两鬓纷飞出几缕柔软的碎头发，这使她看上去胆大包天，显得既慵懒又张扬，像是脑袋刚离开枕头，更像是跟男子刚有过一场鬼混。其实她很可能只是刚刷完熬了菜粥的锅，或者刚就着腌雪里蕻吃下一个金黄的窝头。每当傍晚时分，她吃完窝头刷完锅，就常常那样慵懒着自己，在门口靠上一会儿，或者穿过整条胡同到公共厕所去。当她行走在胡同里的时候，她那蛊惑人心的身材便得到了最充分的展示。那是一个穿肥裆裤子的时代，不知西单小六用什么方法改造了她的裤子，使这裤子竟敢曲线毕露地包裹住她那紧绷绷的弹性十足的屁股。她的步态松懈，身材却挺拔，她就用这松懈和挺拔的奇特结合，给自己的行走带出那么一种不可一世的妖娆。她经常光脚穿着拖鞋，脚指甲用凤仙花汁染成恶俗的杏黄——那时候，全胡同、全北京又有谁敢染指甲呢，唯有西单小六。她就那么谁也不看地走着，因为她知道这胡同里没什么人理她，她也就不打算理谁。她这样的女性，终归是缺少女朋友的，可她不在乎，因为她有的是男朋友。她加入着一个团伙，号称西单纵队，"西单小六"这绰号，便是她加入了西单纵队之后所得。究其本名，也许她应该被称为"小六"吧，她在兄弟姐妹中排行老六。"西单小六"的这个团伙，是聚在一起的十几个既不念书（也无书可念）又不工作的年轻人，都是好出身，天不怕地不怕的，专在西单一带干些串胡同抢军帽、偷自行车转铃的事。然后他们把军帽、转铃拿到信托商店去卖，得来的钱再去买烟买酒。那个时代里，军帽和转铃是很多年轻人生活中的向往，那时候你若能得到一顶棉制裁绒军帽，就好比今日你有一件质地精良的羊绒大衣；那时候你的自行车上若能安一只转铃，就好比今日你的衣兜里装着一只小巧的手机。"西单小六"在这纵队里从不参加抢军帽、偷转铃，据说她是纵队里唯一的女性，她的乐趣是和这纵队里所有的男人睡觉。她和他们睡觉，甚至也缺乏这类女人常有的功利之心，不为什么，只是高兴，因为他们喜欢她。她最喜欢让男人喜欢，让男人为她打架。

她的种种荒唐，自然瞒不过家人的眼，她的木匠父亲就曾将她绑在院子里让她跪搓板。这西单小六，她本该令她的兄弟姐妹抬不起头，可她和他们的关系却出奇地好。当她跪搓板时，他们抢着在父亲面前替她求情。她罚跪的时间总是漫长的，有时从下午能跪到半夜。每一次她都被父亲剥掉外衣，只剩下背心裤衩。兄弟姐妹的求情也是无用的，他们看着她跪在搓板上挨饿受冻，心里难受得不行。终于有一次，她的那些同伙，西单纵队的哥们儿知道了她正在跪搓板，他们便在那天深夜对驸马胡同三号搞了一次"偷袭"。他们翻墙入院，将西单小六松了绑，用条红白相间的毛毯裹住扛出了院子。然后，他们骑上每人一辆的凤凰十八型锰钢自行车，再铆足了劲儿，示威似的同时按响各自车把上那清脆的转铃，紧接着就簇拥着西单小六在胡同里风一样地消失了。

那天深夜，我和白大省都听见了胡同里刺耳的转铃声，姥姥也听见了，她迷迷瞪瞪地说，准是西单小六她们家出事了。第二天胡同里就传说起西单小六被"抢"走的经过。这传说激起了我和白大省按捺不住的兴奋、好奇，还有几分紧张。我们奔走在胡同里，转悠在三号院附近，希望能从方方面面找到一点儿证实这传说的蛛丝马迹。后来听说，给西单纵队通风报信的是西单小六的三哥，西单小六本人反倒从不向她那些哥们儿讲述她在家里所受的惩罚。谁看见了他们是用条红白相间的毛毯裹走了西单小六呢？谁又能在半夜里辨得清颜色，认出那毛毯是红白相间呢？这是一些问题，但这样的问题对我们没有吸引力。我们难忘的，是曾经有这样一群男人，他们齐心协力，共同行动，抢救出了一个正跪在搓板上的他们喜爱的女人。而他们抢她的方式,又是如此地震撼人心。西单小六仿佛就此更添了几分神秘和奇诡,几天之后她没事人似的回到家中,又开始在傍晚时分靠住街门站着了。她手拿一根钩针,衣兜里揣一团白线,抖着腕子钩一截贫里贫气的狗牙领子。很可能九号院赵奶奶的侄子、那卷发的"大春"就是在这时看见了西单小六吧,西单小六也一定是在这样的时候用藏在睫毛下的黑眼珠瞟见了"大春"。

这一男一女,命中注定是要认识的,任什么也不可阻挡。听赵奶奶跟姥姥说,那鬼迷心窍的"大春"手术早就做完了,单位几次来信催他回去,他理也不理,不顾赵奶奶的劝阻,竟要求西单小六嫁给他,跟他离开北京。西单小六嘻嘻哈哈地不接话茬儿,只是偷空跟他约会。后来,西单纵队的那伙人,就是在赵奶奶的后院把他俩抓住的。照例是个夜晚,他们照例翻墙进院,用毛毯将裸体的西单小六裹了走,又把那"大春"痛打一顿,以匕首威胁着将他轰出了北京。

胡同里有人传说,说这回西单纵队潜入赵奶奶家后院,是西单小六故意勾来的。她一挑动,男人就响应。她是多么乐意让男人在她眼前出丑啊。这传说若是真的,西单小六就显得有点儿卑鄙了。美丽而又卑鄙,想来该是伤透了"大春"的心。

赵奶奶哭着对姥姥说,真是作孽啊,咱们胡同怎么招来这么个狐狸精。姥姥陪着赵奶奶落泪,还嘱咐我们,不许去三号院玩,不许和西单小六家的人说话。她是怕我们学坏,怕我们变成西单小六那样的女人。

我就是在这个时期离开了北京,回到了 B 城父母的身边。那时我的父母刚刚结束在一座深山里的五七干校的劳动,他们回家之后第一件事就是把我从姥姥家接回来，要我在B城继续上学。他们是那样重视与我的团聚，而我的心，却久久地留在北京的驸马胡同了。我知道胡同里那些大人是不会想念我这样一个与他们无关的孩子的，可我却总是专心致志地想念胡同里一些与我无关的大人：卷发的“大春”，西单小六，赵奶奶，甚至还有赵奶奶家的女猫妞妞。我曾经幻想如果我变成妞妞，就能整日整夜与那“大春”在一起了，我还能够看见他和西单小六所有的故事。我听说西单纵队的人去赵奶奶家后院抓“大春”和西单小六时，妞妞在房顶上好一阵尖叫。她是喊人救命呢，还是幸灾乐祸地欢呼呢？而我想要变成妞妞，究竟打算看见大春和西单小六的什么故事呢？以我那时的年龄，我还不知道一个男人和一个女人在一起要做什么事。我的心情，其实也不是嫉妒，那是一团乱七八糟的惆怅和不着边际的哀伤。因为我没像白大省那样“爱”上赵奶奶的侄子，我也不厌恶被赵奶奶说成狐狸精的西单小六。我喜欢这一男一女，更喜欢西单小六。我不相信那天夜里她是有意让“大春”出丑，就算是有意让“大春”出丑又怎样？我在心里替她开脱，这时我也显得很卑鄙。这个染着恶俗的杏黄色脚指甲的女人，她开垦了我心中那无边无际的黑暗的自由主义情愫，张扬起我渴望变成她那样的女人的充满罪恶感的梦想。十几年后我看伊丽莎白·泰勒主演的《埃及艳后》，当看到埃及艳后吩咐人用波斯地毯将半裸的她裹住扛到凯撒大帝面前时，我立刻想到了驸马胡同的西单小六，那个大美人，那个艳后一般的人物，被男男女女口头诅咒的人物。

在很长的时间里我都没把对西单小六的感想告诉我的表妹白

大省，我以为这是一个忌讳：当年是西单小六“夺”走了白大省为之昏过去的“大春”。再说，到了八十年代初期，三号院那五间大北房又回到了住门房的简先生手中，西单小六一家就搬走了。她已经消失在驸马胡同，我又有什么必要一定要对白大省提起西单小六呢。直到有一次，大约两年前，我和白大省在三里屯一个名叫“橡木桶”的酒吧里见到了西单小六。她不是去那儿消遣的，如今她是“橡木桶”的女老板。

那是一间竭力模仿异国格调的小酒吧，并且也弥漫着一股异国餐馆里常有的人体的膻气和肉桂、香叶、咖喱等调料相混杂的味道。酒吧看上去生意不错，烛光幽暗，顾客很多——大都是外国人。墙上挂着些兽皮、弓箭之类，吧台前有两个南美模样的女歌手正弹着西班牙吉他演唱《吻我，吉米》。我就是在这时看见了西单小六。尽管二十多年不见，在如此幽暗的烛光下我还是一眼就把她认了出来。我为此一直藐视那些胡编乱造的故事，什么某某和某某十几年不见就完全不认识了并由此引出许多误会什么的，这怎么可能呢，反正我不会。我认出了西单小六，她有四十多岁了吧？可你实在不能用“人老珠黄”来形容她。她穿一条低领口的黑裙子，戴一副葵花形的钻石耳环；她的身材丰满却并不臃肿，她依旧美艳并对这美艳充满自信；她正冲着我们走过来，她的行走就像从前在驸马胡同一样，步态悠然，她的神情只比从前更多了几分见过世面的随和。她看上去活得滋润，也挺满足，虽然有点儿俗。我对白大省说，嗨，西单小六。这时西单小六也认出了我们，她走到我们跟前说，从前咱们做过邻居吧。她笑着，要侍者给我们拿来两杯“午夜狂欢”——属于她的赠送。她的笑有一种回味故里的亲切,不讨厌,也没有风尘感。我和白大省也对西单小六笑着,我们的笑里都没有恶意,我们对她能一下子认出从前胡同里的两个孩子感到惊异。我们只是不知道怎样称呼她,只好略过称呼,客气又不失真实地夸赞她的酒吧。她开心地领受这称赞,并扬扬手叫过了一个正在远处忙着什么的宽肩厚背的年轻人,那年轻人来到我们面前,西单小六介绍说这是她的先生。

那个晚上我和白大省在“橡木桶”过得很愉快。西单小六和她那位至少小她十岁的丈夫使我们感慨不已。我们感叹这个不败的女人,谜一样的不败的女人。白大省就在那个晚上告诉我,她从来就没有憎恨过西单小六。她让我猜猜她最崇拜的女人是谁,我猜不着,她说她最崇拜的女人是西单小六,从小她就崇拜西单小六。那时候她巴望自己能变成西单小六那样的女人,骄傲,貌美,让男人围着,想跟谁好就跟谁好。她常常站在梳妆镜前,学着西单小六的样子松散地编小辫,并三扯两扯扯出鬓边的几绺头发。然后她靠住里屋门框垂下眼皮愣那么一会儿,然后她离开门框再不得要领地扭着胯在屋里走上那么几圈。她看着镜子里的自己,亢奋而又鬼祟,自信而又气馁。她是多么想如此这般地跑出家门跑到街上,当然她从来就没有如此这般地跑出过家门跑到过街上,也从没有人见过她模仿西单小六的怪样,包括我。

那个晚上我望着走在我身边显得人高马大的白大省,我望着她的侧面,心想我其实并不了解这个人。

三

我的这位表妹白大省，她那长大之后仍然傻里傻气的纯洁和正派，常常让我觉得是这世道仅有的剩余。在中学和大学里她始终是好学生，念大三时她还当过校学生会的宣传部长。她天生乐于助人，热心社会活动，不惜为这些零零碎碎的活动耽误学习。我窃想也许她本来就不太喜欢学习本身。她念的是心理系，有时候她会在上课时溜回宿舍睡大觉，不过这倒也没有妨碍她顺利毕业。她毕了业，进了四星级的凯伦饭店，后来就一直固定在销售部。在那儿得卖房，单凭散客和旅行社的固定客户是不够的，得主动出击寻找客源。她的目标是京城的合资、独资企业以及外国公司的代表处，她须经常在这些企业的写字楼里乱窜，登门人室，向人家推销凯伦的客房，并许以一些优惠条件。凯伦的职员把这种业务形式统称为“扫楼”。听上去倒是有一种打击一大片的气势，扫视或者扫射吧，这可不是闹着玩儿的。我简直想不出白大省拿什么来作为她“扫楼”的公关资本，或者换个说法，白大省简直就没有什么赖以公关的优势。她相貌一般，一头粗硬的直短发，疏于打扮，爱穿男式衬衫。个子虽说不矮，但是腰长腿短，过于丰满的屁股还有点儿下坠，这使她走起路来就显得拙笨。可是她的“扫楼”成绩在她们销售部还是名列前茅的，凭什么呢白大省？难道她就是凭了由小带到大的那份“仁义”么？凭了她那从里到外的一股子莫名其妙的待人的真情？

我领教过白大省待人的真情。那年她念大二，到我们 B 城一所军事指挥学院参加封闭式的大学生军训。军训结束时，我给她打电话，让她先别回北京，在B城留两天，到我家来住。那时我刚结婚，幸福得不得了，我愿意让白大省看看我的新家，认识我对她说过一百遍的我的丈夫王永。白大省欣然答应，在电话里跟王永姐夫长姐夫短的好不亲热。我们迎她进门，给她做了一大堆好吃的。回想起小时候在驸马胡同南口买冰镇汽水的时光，我还特意买来了小肚，这曾经是我和白大省小时候最爱吃的东西。我的父母——白大省的姨父和姨妈也赶来我家和我们一起吃饭。大家异口同声地说军训使白大省黑了，也结实了。话题由此开始，白大省就对我们说起了她的军训时光。毫无疑问她是无限怀恋这军训的，她详细地向我们介绍她每天的活动，从早晨起床到晚上睡觉，背包怎么打，迷彩服怎么穿，部队小卖部都卖些什么，她们的排长人怎么怎么好，对她们多么严格，可是大家多么服他的气，那排长是山东人，有口音，可是一点儿也不土，你们不知道他是多么有人情味儿啊，别以为他就会“立正”“稍息”“向右转”，就会个匍匐前进，就会打个枪什么的，那个排长啊，他会拉小提琴，会拉《梁祝》，噢，对了，还有指导员……

整整一顿饭，白大省沉浸在军训的美妙回味中。她看不见眼前的饭菜，看不见我特意为她买来的小肚，看不见她的姨父姨妈，看不见她的姐夫王永，看不见我们明快、舒适的新家。除了军训、排长、指导员，她对一切都视而不见。此时此刻仿佛她身在何处、与谁在一起都是不重要的，哪怕你就是把她扔到街上，只要能允许她讲她的军训，她也会万分满足。到了晚上，白大省去卫生间洗澡时，我给她送进去一块浴巾，谁知这浴巾竟引得她把自己关在卫生间里哭了一场。我隔着门问她怎么啦怎么啦,她也不答话。一会儿,她红头涨脸、眼泪汪汪地出来了,她说我告诉你吧,我现在见不得绿颜色,什么绿颜色都能让我想起部队,想起解放军。话没说完,她把脸埋在那块绿浴巾里又哭起来,好像那就是她们排长的军服似的。

白大省这种不加克制的对几个军人的想念，实在叫人心烦,也使她看上去显得特别浑不知事。我不想再听她的军训故事,我也担心王永不喜欢我的这位表妹。第二天早饭后我提议和白大省上街转转,她还不知道B城什么样呢。白大省答应和我一起上街,可是紧接着她就问我附近有邮局么，她说她昨天夜里给排长他们写了几封信,她要先去邮局把信发出去。她说告别时她答应了他们一回去就写信的,她说要说话算数。我说可是你还没有回到北京啊,她说在当地发信他们不是收到得更快么——唉,这就是白大省的逻辑。幸亏不久以后驸马胡同发生了一系列变化,要不然她对亲人解放军的思念得持续到何年何月啊。

先是我们的姥姥去世了。姥姥去世前已经瘫痪了三年。姥姥一直跟着白大省的父母,也就是我的姨父和姨妈生活,可是因为姨父和姨妈八十年代初才从外地调回北京,所以姥姥和白大省在一起的时间最长。在我的记忆里,她指责、呲打白大省的时间也就最长。特别当她瘫痪之后,她就把指责白大省当成了她生活中一项重要的乐趣。她指责的内容二十多年如一日,无非是我从小就听惯的“笨”呀、“神不守舍”什么的,而这些时候,往往正是白大省壮工似的把姥姥从床上抱上抱下给她接屎接尿的时候。白大省的弟弟白大鸣从不伸手帮一帮白大省,可是姥姥偏袒他,几个舅舅每月寄给姥姥的零花钱，姥姥全转赠给了白大鸣。白大鸣什么时候往姥姥床前一栖乎，姥姥就从枕头底下掏钱。有一次我对白大省说，姥姥这人最大的问题就是偏心眼儿，看把白大鸣惯的，小少爷似的。再说了，他要真是小少爷，你不还是大小姐么。白大省立刻对我说，她愿意让姥姥护着白大鸣，因为白大鸣小时候得过那么多病。可怜的大鸣！白大省眼圈儿又红了，她说你想想，他生下来不长时间就得了百日咳；两岁的时候让一粒榆皮豆卡住嗓子差点儿憋死；三岁他就做了小肠疝气手术；五岁那年秋天他掉进院里那口干井摔得头破血流；七岁他得过脑膜炎；十岁他被同学撞倒在教室门口的台阶上磕掉了门牙……十一岁……十三岁……为什么这些倒霉事儿都让大鸣碰上了呢，为什么我一件都没碰上过呢，一想到这些我心里就一阵阵地疼，哎哟疼死我了……

白大省的这番诉说叫人觉得她一直在为自己是个健康人而感到内疚，一直在为她不像她的弟弟那么多灾多病而感到不好意思。我还有什么可说的呀，我再说下去几乎就成了挑拨他们姐弟的关系了，尽管我一百个看不上白大鸣。

姥姥死了，白大省哭得好几次都背过气去。我始终在猜想她哭的是什么呢，姥姥一生都没给过她好脸子，可留在她心中的，却是姥姥的一万个好。有一回她对我说，姥姥可是个见过大世面的老太太。那会儿，七十年代末，商店的化妆品柜台刚出现指甲油的时候，白大省买了一瓶，姥姥就说，你得配着洗甲水一块儿买，不然你怎么除掉指甲油呢？白大省这才明白，洗指甲和染指甲同样重要。她又去商店买洗甲水，售货员说什么洗甲水，没听说过。白大省对我说，哼，那时候她们连洗甲水都不知道，可是姥姥知道。你说姥姥是不是挺见过世面？我心说这算什么见过世面，可我到底没说，我不想扫白大省的兴。我只是觉得一个人要想得到白大省的佩服太容易了。

姥姥死后，姨妈的单位——市内一所重点中学又分给他们一套两居室的单元房，属于教师的安居工程。全家做了商量：姨父姨妈带着白大鸣搬去新居，驸马胡同的老房留给白大省。从今往后，白大省将是这儿的主人，她可以在这儿成家立业，结婚生子（或女），永远永远地住下去。在寸土寸金的北京西城商业区，这是招人羡慕的。白大省就在这时开始了她的第二场恋爱（如果十岁那次算是第一场的话）。那时她念大四，她的很多同学都知道她有两间自己的房子。有时候她请一些同学来驸马胡同聚会，有时候外地同学的亲戚朋友也会在驸马胡同借住。同班男生郭宏的母亲来北京治病，就在白大省这儿住了半个月。后来，郭宏就和白大省谈恋爱了。郭宏是大连的家，这人我见过，用白大省的话说，“长得特像陈道明或者陈道明的弟弟”。这人话不多，很机灵，凭直觉我就觉得他不爱白大省。可我怎么能说服白大省呢，那阵子她像着了魔似的。你只要想一想她怀念军训的那份激情，就能推断出在这样的一场恋爱里她的情感会有怎样的爆发力。

四

那时候白大省经常问我，要是你和一个男人结婚，你是选择一个你们俩彼此相爱的呢，还是选择一个他爱你比你爱他更厉害的呢,还是选择一个你爱他比他爱你更厉害的呢?——当然,你肯定选择彼此相爱,你和王永就是彼此相爱。白大省替我回答。我问她会选什么样的,她说,也许我得选择我爱他比他爱我更……更……她没再往下说。但我从此知道,事情一开始她给自己制定的就是低标准,一个忘我的、为他人付出的、让人有点儿心酸的低标准。她仿佛早就有一种预感,这世上的男人对她的爱意永远也赶不上她对他们的痴情。问题是我还想接着残忍地问下去,问我自己,这世上的男人又有谁对白大省有过真的爱意呢?郭宏和白大省交朋友是想确定了恋爱关系毕业后他就能留在北京。我早就看出了这一层,我提醒她说郭宏在北京可没家,她说我们结了婚他不就有家了么。

也许郭宏本是要与白大省结婚的,他们已经在一块儿过起了日子。白大省把伺候郭宏当成最大的乐事,她给他买烟,给他洗袜子,给他做饭,招一大帮同学在驸马胡同给他开生日 Party,让所有的人都知道他们的恋爱是认真的,是往结婚的路上走的那种。郭宏家的人来北京她是全陪,管吃管住还管掏钱买东西。她开始厚着脸皮跟家里多要钱,有一次为了给郭宏的小侄子买一只"沙皮狗",她居然背着姨父和姨妈卖了家里一台旧电扇。真是何苦呢。可是忽然间,就在临近毕业时,郭宏又结识了学校一个日本女留学生,打那儿以后郭宏就不到驸马胡同来了。他是想随了那日本学生到日本去的,郭宏一好友曾经透露。这是一个打定了主意要吃女人饭的男人,当他能够去日本的时候,为什么还要留在北京呢。用不着留在北京,他就不必和白大省结婚。

直到今天我还记得白大省向我哭诉这一切时的样子,她膀眉肿眼，奓着头发，盘腿坐在她的大床上，咬着牙根（我刚发现白大省居然也会咬牙根）说我真想报复郭宏啊我真想报复他，让他留不成北京，让他回他们东北老家去！接着她便计划出一大串报复他的方式，照我看都是些幼稚可笑没有力量的把戏。说到激动之处她便打起嗝儿来，凄切而又嘹亮，像是历经了大的沧桑。可是，当我鼓动她无论如何也要出这口恶气时，她却不说话了。她把自己重重地往床上一砸，扯过一条被子，便是一场蒙头大睡。我看着眼前的这座“棉花山”，想着在有些时候，棉被的确是阻隔灾难的一件好东西，它能抵挡你的寒冷，模糊你的仇恨，缓解你的不安，掩盖你的哀伤。白大省在棉被的覆盖下昏睡了一天，当她醒来之后就再也不提报复郭宏的事了。遇我追问，她就说，唉，我要是有西单小六那两下子就好了，可我不是西单小六啊，问题是——我要真是西单小六也就不会有眼前这些事儿了。郭宏敢对西单小六这样么？他敢！这话说的，好像郭宏敢对她白大省这样反倒是应当应分的。

白大省就在失去郭宏的悲痛之中迎来了她的毕业分配，在凯伦饭店，她开始了人生的又一番风景。她工作积极，待人热诚，除了在西餐厅锻炼时（去餐厅锻炼是每个员工进店之后的必修课）长了两公斤肉，别处变化不大。她还是像个学生，没有沾染大酒店假礼貌下的尖刻和冷漠之气。偶尔受了同事的挤对，她要么听不出来，要么哈哈一笑也就过去了。她赢了个好人缘，连更衣室的值班大妈都夸她：别看咱们饭店净漂亮妞儿，我还就瞧着白大省顺眼。多咱见了我们都打招呼，大妈长大妈短，叫得人心里热乎乎的。不怕您笑话呀，现如今我儿媳妇叫我一声妈都费老劲儿了，哎，我说白大省，今儿个你干吗往衬衫领子下头围一块小绸巾呀，绸巾不是该往脖子上系的吗……更衣室大妈不拿白大省当外人，逮着她就跟她穷聊。

过了些时候，白大省开始了她的又一次恋爱。这一回，对方名叫关朋羽，凯伦饭店客房部的，比白大省小一岁，个子和白大省差不多。他俩是在饭店圣诞晚会的排练时熟起来的，关朋羽演唱美声的《长江之歌》，白大省的节目是民歌《回娘家》。这首《回娘家》白大省大学时就唱熟了。她还有一个优点就是不怵台，这跟在学生会做过宣传部长有关。只是在排练过程中她总是出一些小麻烦，比如当唱到“左手一只鸡，右手一只鸭，怀里还抱着一个胖娃娃”时，她理应先伸左手再伸右手，她却总是先伸右手后伸左手。麻烦虽不大，但让人看着别扭。那时坐在台下的关朋羽就悄悄地冲她打手势，提醒她“先左，先左”。白大省看见了关朋羽的手势，也听见了他的提醒，他的小动作使她心中涌起一种莫可名状的感动，也就像有了靠山有了仗势一样地踏实下来，她遵照关朋羽的指示伸对了手——“先左”。到了后来，再遇排练，还没唱到“左手一只鸡，右手一只鸭”时她就预先把眼光转向了台下的关朋羽，有点儿像暗示，又有点儿像撒娇。她暗示关朋羽别忘了对她的暗示：我可快要出错儿了呀，你可别忘了提醒我呀。到了伸手的关键时刻，她其实已经可以顺利地“先左”了，可她却还假装着犹豫，假装着不知道她的手该怎么伸。台下的关朋羽果真就急了，他腾地向她伸出了左手。白大省就喜欢看关朋羽着急的样子，那不是为别人着急，那是专为她白大省一人的着急。白大省乐不可支，她的“调情”技巧到此可说是达到了一个小高潮——也仅此而已，她再无别的花招。

关朋羽和郭宏不同，他是一种天生喜欢居家过日子的男人，注意女性时装，会织毛衣，能弹几下子钢琴，还会铺床。第一次随白大省到驸马胡同，他就向她施展了来自客房部的专业铺床和“开床”技术。他似乎从未厌烦过他平凡的本职工作，甚至还由此养成了一种职业性的嗜好：看见床就想铺它、“开”它。他吩咐白大省拿给他一套床单被单，他站在床脚双手攥住床单两角，哗啦啦地抖开，清洁的床单波浪一般在他果断的手势下起伏涌动，霎时间就安静下来端正地舒展在床垫上。然后他替白大省把枕头拍松，请她在床边坐下，让她体味他的技术和劳动。他们——关朋羽和白大省，此刻就和床在一起，却谁也没有意识到他们能和这床发生点儿什么事情，叫人觉得铺床的人总是远离床的，就像盖房的人终归是远离房。白大省只从关朋羽脸上看到了一种劳动过后的天真和清静，没有欲望，也没有性。

他们还是来往了起来。饭店淘汰下一批家具，以十分便宜的价格卖给员工，三件套的织锦缎面沙发才一百二十块钱。白大省买了不少东西，从沙发、地毯、微波炉，到落地灯、小酒柜、写字台，关朋羽就帮她重新设计和布置房间。白大省想到关朋羽喜欢弹琴，还咬咬牙花五百块钱买了饭店一架旧钢琴（外带琴凳）。白大省向父母要钱或者偷着卖老电扇的时代过去了，她远不是富人，可她觉得自己也不算缺钱花。她在新布置好的房间里给关朋羽过了一次生日，这回她多了个心眼儿，不像给郭宏过生日那回请一堆人。这回她谁也没请，就她和关朋羽两个人。她从饭店西餐厅订了一个特大号的“黑森林”蛋糕，又买了一瓶价格适中的长城干红。那天晚上，他们吃蛋糕，喝酒，关朋羽还弹了一会儿琴。关朋羽弹琴的时候白大省就站在他身边看他的侧面。她离他很近，他的一只耳朵差不多快要蹭到她胸前的衣襟。他的耳朵红红的，像兔子。白大省后来告诉我，当时她很想冲那耳朵咬一口。关朋羽一直在弹琴，可是越弹越不知自己在弹什么。身边的一团热气阻塞了他的思维，他不知道是应该一直看着琴键，还是应该冲那团热气扭一下头，后来他还是冲白大省扭了一下头。当他扭头的时候，不知怎么的，他的头连同他那只红红的耳朵就轻倚在白大省的怀里了。这是一个让白大省没有防备的姿势，也许她是想双手搂住怀中这个脑袋的，可是她膝盖一软，却让自己的身子向下滑去，她跪在了地上。她的跪在地上的躯体和坐在琴凳上的关朋羽相比显得有点儿肉大身沉，尽管这样看上去她已经比他显得低矮。她冲他仰起头，一副要承接的样子。他也就冲她俯下身子，亲了亲她的嘴，又不着边际地在她身上抚摸了一阵。她双手勾住了他的不算粗壮的脖子，她是希望一切继续的，他应该把她抱起来或者压下去。可是他显然有点儿胆怯，他似乎没有抱起她的力气，也没有压住她的分量。很可能他已经后悔刚才他那致命的一扭头了。他好像是再也没事儿干了才决定要那么一扭头的，又仿佛正是这一扭头才让他明白眼前的白大省其实是如此巨大，巨大得叫他摆布不了。或者他也为自己的身高感到自卑，为自己的学历感到自卑？白大省是大本文凭，他念的是旅游中专。也许这些原因都不是，关朋羽，他始终就没有确定自己是不是爱上了白大省。他终于从白大省的胳膊圈儿里钻了出来。他坐回到桌旁，白大省也坐回到桌旁，两个人看上去都很累。

忽然白大省说，要是咱们俩过日子，换煤气罐这类的事儿肯定是我的。

关朋羽就说，要是咱们俩过日子，换灯泡这类的事儿肯定是我的。

白大省说，要是咱们俩过日子，我什么都不让你干。

关朋羽就说，你真善良，我早看出来了。

他说的是真话，他明白并不是每个男人都能碰见这份善良的。就为了他早就发现的白大省这份赤裸裸的善良，他又亲了她一次。然后他们平静、愉快地告了别。

他们还没有谈到结婚，不过两人都是心照不宣的样子。销售部的同事问起白大省，她只是笑而不答。白大省到底积累了点儿经验，她忍耐住了她自以为的幸福。要是我们的另一位表妹小玢不来北京，我判断关朋羽会和白大省结婚的。可是小玢来了。

小玢是我们舅舅的女儿，家住太原。一连三年没考上大学，便打定主意到北京来闯天下。她的理想是当一名时装设计师，为此她选择了北京一家没有文凭、不管食宿、也不负责分配的服装学校。她花钱上了这学校，并来到驸马胡同要求和白大省同住。她理直气壮，不由分说。

五

小玢没来过北京，她却到哪儿也不怵，与人交往，天生的自来熟。她先是毫不忸怩地把驸马胡同当成了自己的家，她打开白大省的衣橱，唰啦啦地把白大省挂在衣杆上的衣服“赶”到一边，然后把自己带来的“时装”一挂一大片。她又打量了一阵写字台，把白大省戳在桌面上的几个小镜框往桌角一推，接着不同角度地摆上了几只嵌有自己玉照的镜框；其中一帧二十四寸大彩照，属于影楼艺术摄影那种格调的，她将它悬在了迎门，让所有人一进白大省家，先看见墙上被柔光笼罩的小玢在做妩媚之笑。最后她考虑到床的问题，她看看里屋唯一一张大床，对白大省说她睡觉有个毛病，爱睡“大”字，床窄了她就得掉下去。她要求白大省把大床让给她，自己再另支折叠床。白大省没有折叠床，只好到家具店现买了一张。剩下吃饭的问题，小玢也自有安排：早饭自己解决；晚饭谁早回来谁做（小玢永远比白大省回家晚）；中饭呢，小玢说她要到凯伦饭店和白大省一块儿吃，她说她知道白大省他们的午饭是免费的。白大省对此有些为难，毕竟小玢不是饭店的员工，这是个影响问题。小玢开导白大省说，咱们不要双份，咱俩合吃你那一份就行，难道你不觉得你该减肥了么，再不减肥，以后我给你设计服装都没灵感了。白大省看看自己的不算太胖、可也说不上婀娜的身材，一刹那还想起了比她文弱许多的关朋羽，就对小玢做了让步。女为悦己者瘦啊，白大省要减肥，小玢的中饭就固定在了凯伦饭店。说是与白大省合吃，实际每顿饭她都要吃去一多半，饿得白大省顶不到下午下班就得在办公室吃饼干。

凯伦饭店的中饭开阔了小玢的视野，她认识了白大省所有的同事，抄录下他们所有的电话、BP 机号码。到了后来，她跟他们混得比白大省跟他们还熟。她背着白大省去饭店美容厅剪头发做美容（当然是免费）；让客房部的哥们儿给她干洗毛衣大衣；销售部白大省一个男同事，自己有一辆“富康”轿车的，居然每天早上开车到驸马胡同接小玢，然后送她去服装学校上学，说是顺路。这样，小玢又省出了一笔乘坐中巴的钱。她心安理得地享受着这些方便，当然她也知道感谢那些给她提供方便的人。她的习惯性感谢动作是拍拍他们的大腿，之后再加上这么一句："你真逗！"男人被她拍得心惊肉跳的，"你真逗"这个含意不清的句子也使他们乐于回味，可他们又绝不敢对她怎么样。动不动就拍男人大腿本是个没教养的举动，可是发生在小玢身上就不能简单地用没教养来概括。她那一米五五的娇小身材，她那颗剪着"伤寒式"短发的小脑袋瓜，她那双纤细而又有力的小手，都给人一种介乎于女人和孩子之间的感觉，粗鲁而又娇蛮，用意深长而又不谙世事。她人小心大，旋风一般刮进了驸马胡同，她把白大省的生活搅得翻天覆地，最后她又从白大省手中夺走了关朋羽。

那是一个下午，白大省和福特公司的客户在民族饭店见面之后没再回到班上，就近回了驸马胡同。这次见面是顺利的，那位客户，一个谢顶的红脸美国老头儿已经答应和凯伦签合同，他们代表处将在凯伦饭店包租一年客房。这也意味着白大省可以从租金中得到千分之二的回扣。白大省这天的确用不着再回班上了，白大省实在应该回家好好庆祝庆祝。她回家开了门，看见小玢和关朋羽躺在她的大床上。

不能用鬼混来形容小玢和关朋羽，真要是鬼混，事情倒还有其他的一些可能。问题是小玢不想和关朋羽鬼混，关朋羽也觉得他应该娶的原来是小玢。这样，本来可能是白大省丈夫的关朋羽，没出两个月就变成了白大省的表妹夫。

想来想去，白大省不像恨郭宏那样恨关朋羽，让她感到揪心疼痛的是，她和关朋羽交往一年多了都没打过床的主意，可关朋羽和小玢没见过几次面就上了床。那是她的床啊，她白大省的床！

小玢搬出了驸马胡同，一句道歉的话也没跟白大省说，只给她留下一件她亲自为遮掩白大省那下坠的臀部而设计制作的一件圆摆衬衫，还忘了锁扣眼儿。倒是关朋羽觉得有些对不住白大省，有一天他跟小玢要了驸马胡同的钥匙——还没来得及还给白大省的钥匙，趁白大省上班，他找人拉走了白大省的旧床，又给白大省买来一张新双人床，还附带买了床罩、枕套什么的。他认真为她铺好床，认真到比铺他和小玢的婚床更多一百分的小心。他不让床单上有一道褶痕，不让床裙上有一粒微尘。接着他又为她开了床，就像他在饭店客房里每天都做的那样，拍松枕头，把罩好被单的薄毯沿枕边规矩地掀起一角，再往掀起的被角上放一枝淡黄色的康乃馨。就像要让白大省忘却在这个位置上发生的所有不快，又像是在祝福白大省开始崭新的日子。

白大省下班回来看见了新床和床上的一切，那是关朋羽技术和心意的结合，是他这样一个男人向她道歉的独特方式。白大省坐在折叠床上遥望这新大床一阵阵悲伤，因为她怀念的其实正是关朋羽让人搬走的那张旧床，那张深深伤害了她的旧床。倘若她能重返旧床，哪怕夜夜只她单独一人，至少她也能体味关朋羽曾经在过这床上的那一部分——就算不是和她。另一部分，小玢占据的那一部分她甚至可以遮起来不想。在旧床上她的心和身体都会感到痛的，可那是抓得住的一种伤痛，纵然痛，也是和他在一起的。眼前的新床又算什么呢，一堆没有来历的木头罢了。

关朋羽的新床带给驸马胡同的是更多的凄清。好比一个男人，早就打定了主意要背离爱他的女人，告别之前却非要给这女人擦一遍桌子，拖一拖地板，扶正墙上的一个镜框，再把漏水的龙头修上一修。这本是世上最残忍的一种殷勤，女人要么在这样的殷勤里绝望，要么从这样的殷勤里猛醒。

我的表妹白大省，她似乎有点儿绝望，却还谈不上就此猛醒，她只是久久不在那新床上睡觉就是了。第一次睡她那新大床的是我。那次我来北京参加一个少儿读物研讨会，有天晚上住在了驸马胡同。我躺在白大省的新床上，她躺在那张折叠床上，脸朝天花板跟我讲着小玢和关朋羽。她说小玢和关朋羽结婚后就不念那个服装学校了，两人也没房，就和关朋羽的父母一起住。他家住在一幢旧单元楼的一楼，辟出一间临街开了个门，小玢开起了成衣店，生意还挺不错。白大省说他们结婚时她没去，她是想一辈子不搭理他们的，那时候天天下班回家就发誓。白大鸣为了支持白大省，自己先做了姿态，他不与他们来往。可也不知怎么的，临近婚礼时白大省还是给他们买了礼物，一只消毒碗柜，托客房部的人转给了关朋羽。白大省说关朋羽又托客房部的人给她送了一袋喜糖。她说你猜我把那喜糖放哪儿去了，我说你肯定没吃。她指指房顶说我告诉你吧，让我站在院里都给扔到房上去了。

我闭眼想着我们头上那滋生着干草的灰瓦屋顶，屋顶依旧，只是女猫妞妞和男猫小熊早已不在了，不然那喜糖定会引起它们的一阵欢腾。最后白大省又埋怨起自己，她说全怪她警惕性不高啊，一不留神啊……我说这和留神不留神有什么关系，白大省说那究竟和什么有关系呢?

我没法回答白大省的问题,我于是请她看电影。那次我们看了一个没有公演的美国电影《完美的世界》,研讨会上发的票。看电影时我们都哭了,虽然克制但还是泪流满面。我们尽量默不作声,我们都长大了,不像从前看《卖花姑娘》的时候那么抽抽搭搭的。白大省偶尔还打一个嗝儿,憋成很细小的声音,只有我这么亲近的人才能觉察出她是在打嗝儿。《完美的世界》,那个罪犯和充当人质的孩子之间从恐惧憎恨到相亲相近的故事使白大省激动不已,仅在销售部,她就把这部电影给同事讲了四遍。我回B城后还接到过她一个长途电话,她说她从来没有像看了《完美的世界》以后那样热爱孩子,她第一次有点儿从心里羡慕我的职业了,她问我有没有可能托关系把她调到一个儿童出版社,她已经开始考虑改行了。我劝她说别神神经经的,出版社的活儿也不是那么好干。白大省后来没再坚持改行,她不是听了我的劝,那是因为,她仿佛又开始恋爱了。

六

白大省认识夏欣是在驸马胡同,夏欣骑车拐弯时撞了正在走路的白大省。撞得也不重,小腿擦破了一点儿皮,夏欣一个劲儿向白大省道歉,还从衣兜里掏出一片创可贴,非要亲手按在白大省小腿上不可。后来白大省听夏欣说,那天他是去三号院看房的,三号院的简先生要把他那间八平方米的门房租出去。本来夏欣有意要租,希望简先生在租金上做些让步,但简先生分毫不让,他也就放弃了。

夏欣认为自己是一个才华横溢的人,只是生不逢时,社会上的好机会都让别人占了去。他毕业于一所社会大学,多年来光跟人合伙办公司就办过八九个,开过彩扩店,还倒腾过青霉素。样样都没长性,干什么也没赚了钱,跟父母的关系又不好,索性就想从家里搬出来。他让白大省帮他物色价格合理的房,他说他简直一天也不想再看见他父母的脸。白大省给夏欣提供了几则租房信息,有两次她还陪他一道去看房。看完了房,夏欣要请白大省吃饭,白大省说还是我请你吧,以后你发了财再请我。

白大省把夏欣领进了驸马胡同,从此夏欣就隔长不短地在白大省那儿吃饭。他吃着饭,对她说着他的一些计划,做生意的计划,发财的计划, 拉上两个同学到与北京相邻的某省某县开化工厂的计划……他的计划时有变化,白大省却深信不疑。比方说到开化工厂缺资金,白大省甚至愿意从自己的积蓄里拿出一万块钱借给夏欣凑个数。后来夏欣没要白大省的钱,因为他忽然又不想开化工厂了。

我非常反感白大省和夏欣的交往,我不喜欢一个大老爷们儿坐在一个无辜的女人家里白吃白喝外加穷白话。我对白大省说夏欣可不值得你这么耽误工夫,白大省说我不如她了解夏欣,说别看夏欣现在一无所有,她看中的就是夏欣的才气。噢,夏欣居然有才气,还竟然已被白大省"看中"。我让白大省将夏欣的才气举出一二例,她想了想说,他反应特快,会徒手抓苍蝇。我向她说,你们俩现在究竟是一种什么关系呢?她说还谈不上什么关系,夏欣人很正派,有天晚上他们聊天聊到半夜,夏欣就没走,白大省在里屋睡大床,夏欣在外屋睡折叠床,两人一夜相安无事。

这样的相安无事，可以说洁如水晶，又仿佛是半死不活。是一男一女至纯的友谊呢，还是更像两个男人的哥们儿义气？白大省也许终生都不会涉足这样的分析。她渴望的，只是得到她看中的男人的爱。夏欣无疑被她看中了，她却怎么也拿不准他那一方的态度。有了郭宏和关朋羽的教训，加上我对她的毫不掩饰的警告，她是要收敛一下自己的，很可能她也假模假式地伪装过矜持。她告诫过自己吧：要慢一点儿慢慢的斯斯文文的；她指点过自己吧：要沉稳千万别显出焦急；她也打算像个会招引人的女人那样修饰自己吧：小玢的娇蛮、西单小六的风骚，都来上那么一点儿……可惜的是，理论与实践的结合总是不妥帖的时候居多。当她想慢下来的时候她却比从前更快；当她打算表演沉稳的时候她却比从前更抓耳挠腮；当她描眉打鬓、涂脂抹粉时，她在镜子里看见的是一个比平常的自己难看一千倍的自己。她冲着镜子"温柔"地一笑，类似这样的"温柔"并非白大省与生俱来，它就显得突兀而又夸张，于是白大省自己先就被这突兀的温柔给吓着了。

转眼之间，白大省和夏欣已经认识了大半年，就像从前对待郭宏和关朋羽一样，她又在驸马胡同给夏欣过了一次生日。白大省这人是多么容易忘却，又显得有点儿死心眼儿。谁也弄不清她为什么老是用这同一种方式企图深化她和男性的关系。这次和前两次一样，是她要求给夏欣过生日，夏欣是一个答应的角色，他答应了，还始无前例地对她说了一声："你真好。""你真好"使白大省预感到当晚的一切将至关重要，她暗中给自己设计了一个从容、懂事、不卑不亢的形象，可事到临头，她却比以往更加手忙脚乱并且喧宾夺主。没准儿正是“你真好”那三个字乱了她的手脚。那是一个星期六，她几乎花了一整天给自己选择当晚要穿的衣服。她翻箱倒柜，对比搭配。穿新的她觉得太做作；穿旧的又觉得提不起精神；穿素了怕夏欣看她老气；穿艳了又唯恐降低品位。她在衣服堆里择来择去，她摔摔打打，自己跟自己赌气。最后她痛下决心还是得出去现买。燕莎、赛特都太远无论如何去不成，最近的就是西单。她去了西单商场，选中一件黑红点的套头毛衣才算定住了神。她觉得这毛衣稳而不呆，闹中有静，无论是黑是红，均属打不倒的颜色。哪知回家对着镜子一穿，怎么看自己怎么像一只“花花轿”。眼看着夏欣就要驾到了，饭桌还空着呢。她脱了毛衣赶紧去开冰箱拿蛋糕，拿她头天就烹制好的素什锦，结果又撞翻了盛素什锦的饭盒，盒子扣在脚面上，脏污了她的布面新拖鞋。她这是怎么了，她想干什么？疯了似的。

好不容易餐桌上的那一套就了绪，她才发现原来自己一直戴着个胸罩在屋里乱跑。她就顺便低头看了一眼自己的胸，她总是为自己的胸部长成这样而有些难为情。不能用大或者小来形容白大省的乳房，她的乳房是轮廓模糊的那么两摊，有点儿拾掇不起来的样子。猛一看胸部也有起伏，再细看又仿佛什么都没有。这使她不忍细看自己，她于是又重返她那乱七八糟的衣服堆，扯出一件宽松的运动衫套在了身上。

那个晚上夏欣吃了很多蛋糕，白大省喝了很多酒。气氛本来很好，可是，喝了很多酒的白大省，她忽然打乱自己那“沉着、矜持”之预想，她忽然不甘心就维持这样的一个好气氛了。她的焦虑，她的累，她的没有着落的期盼，她的热望，她那从十岁就开始了的想要被认可的心愿，宛若噼里啪啦冒着火花的爆竹，霎时间就带着响声、带着光亮释放了出来。她开始要求夏欣说话，她使的招数简陋而又直白，有点儿强迫的意思。仿佛过生日的回报必是夏欣的表态，而且刻不容缓。她就没有想到，这么一来，他人并不曾受损，而她自己却已再无退路。

说点儿什么吧，白大省对夏欣说，总得说点儿什么。夏欣就说，我有一种预感，我预感到你可能是我这一生最想感谢的人。白大省追问道：还有呢？夏欣就说，真的我特感谢你。他的话说得诚恳，可不知怎么总透着点儿不吉利。白大省穷追不舍地又发问道：除了感谢你就没有别的话要说了么？夏欣愣了一会儿说，本来他不想在生日这天说太多别的，可是他早就明白白大省想要听见的是什么。本来他也想对他们的关系做个展望什么的，不是今天，可能是明天、后天……可是他又预感到今天不说就过不去今天，那么他也就顾不了许多了，干脆就说了吧。这时他一反吞吐之态，开始滔滔不绝。他说他和白大省的关系不可能再有别的发展，有一件事给他留下的印象太深刻了：那天他来这儿吃晚饭，白大省烧着油锅接一个电话，那边油锅冒了烟她这边还慢条斯理地进行她的电话聊天；那边油锅着了她仍然放不下电话，结果厨房的墙熏黑了一大片，房顶也差点儿着了火。夏欣说他不明白为什么白大省不能告诉对方她正烧着油锅呢，本来那也不是什么重要的电话。她也可以先把煤气灶关掉再和电话里的人聊天。可是她偏不，她偏要既烧着油锅又接着电话。夏欣说这样一种生活态度使他感觉很不舒服……白大省打断他说油锅着火那只不过是她的一时疏忽，和生活态度有什么关系啊。夏欣说好吧就算这是一时的疏忽,可我偏就受不了这样的疏忽。还有,他接着说，白大省刚跟他认识没多久就要借给他一万块钱开化工厂,万一他要是个坏人呢是想骗她的钱呢?为什么她会对出现在眼前的陌生男人这样轻信他实在不明白……

夏欣的话闸一开竟难以止住,他历数的事实都是事实,他的感觉虽然苛刻却又没错儿。他,一个连稳定的工作都没有的男人,一个连养活自己都还费点儿劲的男人,一个坐在白大省家中,理直气壮地享用她提供的生日蛋糕的男人，在白大省面前居然也能指手画脚,挑鼻子挑眼。那可怜的白大省竟还执迷不悟地说:我可以改啊我可以改!

他们到底无法谈到婚姻。夏欣在这个生日之后就离开了白大省。白大省哭着,心里一急,便冲着他的背影说,你就走吧,本来我还想告诉你,驸马胡同快要拆迁了,我这两间旧房,至少能换一套三居室的单元,三居室！夏欣没有回头,聪明的男人不会在这时候回头。白大省心里更急了,便又冲着他的背影说,你就走吧,你再也找不到像我这么好的人了！你听见了没有?你再也找不到像我这么好的人了！听了这话,夏欣回头了,他回过身来对白大省说,其实我怕的也是这个,很可能再也找不到了。这是一句真话,不过他还是走了。白大省这叫卖自己一般的挽留只加快了夏欣的离开。他不欠她什么,既不属于说了买又不买的顾客，也不属于白拿东西不给钱的顾客,他连她的手都没碰过。

很长一段时间,白大省既不收拾饭桌也不收拾床,她和夏欣吃剩的蛋糕就那么长着霉斑摆在桌上，旁边是两只油渍麻花的脏酒杯。夏欣生日那天她翻腾出来的那些衣服也都在里屋她的床上乱糟糟地摊着，晚上下班回来她就把自己陷在衣服堆里昏睡。有一天白大鸣来驸马胡同找白大省，进门就嚷起来："姐，你怎么啦！"

七

白大鸣对白大省当时的精神状态感到吃惊，可他并无太多的担心。他了解他的姐姐白大省，他知道他这位姐姐不会有什么真想不开的事。白大省当时的精神状态只给白大鸣想要开口的事情增设了一点儿小障碍，他本是为了驸马胡同拆迁的事而来。

白大鸣已经先于白大省结了婚，女方咪咪在一所幼儿师范教音乐，白大省是两人的介绍人。白大鸣结婚后没从家里搬出去，他和咪咪的单位都没有分房的希望，两人便打定主意住在家里，咪咪也努力和公婆搞好关系。虽然这样的居住格局使咪咪觉出了许多不自如，可现实就是这样的现实，她只好把账细算一下：以后有了孩子，孩子顺理成章得归退休的婆婆来带，她和白大鸣下班回家连饭也用不着做，想来想去还是划算的，也不能叫作自我安慰。要是没有驸马胡同拆迁的信息，白大鸣和咪咪就会在家中久住下去，咪咪已经摸索出了一套与公婆相处的经验和技巧。偏在这时驸马胡同面临着拆迁，而且信息确凿。白大省已经得到通知，像她这样的住房面积能在四环以内分到一套煤气、暖气俱全的三居室单元。一时间驸马胡同乱了，哀婉和叹息、兴奋和焦躁弥漫着所有的院落。大多数人不愿挪动，不愿离开这守了一辈子的北京城的黄金地段。九号院牙都掉光了的赵奶奶对白大省说，当了一辈子北京人，老了老了倒要把我从北京弄出去了。白大省说四环也是北京啊赵奶奶。赵奶奶说，顺义还是北京呢！

三号院的简先生也是逢人就说，人家跟我讲好了，我们家能分到一梯一户的四室两厅单元房，楼层还由着我们挑。可我院里这树呢，我的丁香树我的海棠树，我要问问他们能不能给我种到楼上去！简先生摇晃着他那一脑袋花白头发，小资本家的性子又使出来了。

白大省对驸马胡同深有感情，可她不像赵奶奶、简先生他们，她打定主意不给拆迁工作出一点儿难题。新的生活、敞亮的居室、现代化的卫生设备对白大省来说，比地理方位显得更重要。况且她在那时的确还想到了夏欣，想到他四处租房，和房东讨价还价的那种可怜样儿，白大省在心中不知说了多少遍呢：和我结婚吧，我现在就有房，我将来还会有更好的房！

驸马胡同的拆迁也牵动了白大鸣和咪咪的心，准确地说，最先反应过来的是咪咪。有天晚上她翻来覆去睡不着觉，就把白大鸣也叫醒说，早知道驸马胡同会这样，不如结婚时就和白大省调换一下了，让白大省搬回娘家住，她和白大鸣去住驸马胡同。这样，拆迁之后的三居室新单元自然而然便归了他们。白大鸣说现在说什么也晚了，再说咱们这样不也挺好吗。咪咪说好与不好，也由不得你说了算。敢情你是你爸妈的儿子，我可怎么说也是你们家的外人。你觉着这么住着好，你知道我费了多少心思和技巧？一家人过日子老觉着得使技巧，这本身就让人累。我就老觉着累。我做梦都想和你搬出去单过，住咱们自己的房子，按咱们自己的想法设计、布置。白大鸣说那你打算怎么办呀，咪咪说这事先不用和爸妈商量，先去找白大省说通，再返回来告诉爸妈。就算他们会犹豫一下，可他们怎么也不应该反对女儿回家住。白大鸣打断咪咪说，我可不能这么对待我姐，她都三十多岁了，老也没谈成合适的对象，咱们不能再让她舍弃一个自己的独立空间啊。咪咪说，对呀，你姐一个人还需要独立空间呢，咱们两个人不更需要独立空间么。再说，她老是那么一个人待着也挺孤独，如果搬回来和爸妈住，互相也有个照应。白大鸣被咪咪说动了心，和咪咪商量一块儿去找白大省。咪咪说，这事儿我不能出面，你得单独去说。你们姐弟俩说深了说浅了彼此都能担待，我要在场就不方便了。白大鸣觉得咪咪的话也对，但他仍然劝咪咪仔细想想再做决定。咪咪坚决不同意，她说这事儿不能渗着，得赶快。她那急迫的样子，恨不得把白大鸣从床上揪起来半夜就去找白大省。又耗了几天，白大鸣在咪咪的再三催促下去了驸马胡同。

白大鸣坐在白大省一塌糊涂的床边，屁股底下正压着她那团黑红点点的毛衣。他知道他的姐姐遭了不幸，他给她倒了一杯水。白大省喝了水，按捺不住地对白大鸣说起了夏欣。她说着，哭着，眼泪像断了线的珠子，白大鸣看着心里很难过。他想起了姐姐对他几十年如一日的疼爱，想起小时候有一次他往院子里扔了一块香蕉皮，姥姥踩上去滑了一跤，吓得他一着急，就说香蕉皮是白大省扔的。姥姥骂了白大省一整天，还让白大省花了一个晚上写了一篇检讨书。白大省一直默认着自己这个“过失”，没有揭穿也没有记恨过白大鸣对她的“诬陷”。白大鸣想着小时候的一切，实在不知道怎么把换房的事儿说出口。后来还是白大省提醒了他，她说大鸣你是不是有什么事儿来找我？

白大鸣一狠心，就把想和白大省换房的事全盘托出。白大省果然很不高兴，她说这肯定是咪咪的主意，一听就是咪咪的主意，咪咪天生就是个出这种主意的人。她说她早就后悔当初把咪咪介绍给白大鸣，让咪咪变成了他们白家的人。她质问白大鸣，问他为什么与咪咪合伙欺负她——难道没看见她现在的样子吗，还是假装不知道她从前的那些不如意。她说大鸣你真可恶真没良心你真气死我了你是不是以为我这人从来就不会生气呀你！她说你要是这么想你可就大错特错了现在我就告诉你我会生气我特会生气我气性大着呢，现在你就回家去把咪咪给我叫来，我倒要看看她当着我的面敢不敢再重复一遍你们俩合伙捏鼓出的馊主意！

白大省的语调由低到高，她前所未有地慷慨激昂滔滔不绝，她就像换了一个人似的言辞尖刻忘乎所以。她不知道什么时候白大鸣已经悄悄地走了，当她发现白大鸣不见之后，才慢慢使自己安静下来。白大鸣的悄然离去使白大省一阵阵地心惊肉跳，有那么一会儿她觉得他不仅从驸马胡同消失了，他甚至可能从地球上消失了。可他究竟犯了什么错误呢她的亲弟弟！他生下来不长时间就得了百日咳；两岁的时候让一粒榆皮豆卡住嗓子差点儿憋死；三岁他就做了小肠疝气手术；五岁那年秋天他掉进院里那口干井摔得头破血流；七岁他得过脑膜炎；十岁他摔在教室门口的台阶上磕掉了门牙……可怜的大鸣！为什么这些倒霉事儿都让他碰上了呢，从来没碰上过这些倒霉事儿的白大省为什么就不能让她无比疼爱的弟弟住上自己乐意住的新房呢。白大省越想越觉得自己对不住白大鸣，她是在欺负他是在往绝路上逼他。她必须立刻出去找他，找到他告诉他换房的事儿不算什么大事儿，她愿意换给他们，她愿意搬回家去与父母同住……

她在白大鸣的单位找到了白大鸣，宣布了她的决定。想到数落咪咪的那些话她也觉得不好意思，就又给咪咪打电话，重复了一遍她愿意和他们换房的决定。她好言好语，柔声细气，把本来是他们求她的事儿，一下子变成了她在央告他们，甚至他们答复起来若稍有犹豫，她心里都会久久地不安。

她献出了自己的房子，驸马胡同拆迁之日，也就是她回到父母身边之时。这念头本该伴随着阵阵凄楚的，白大省心中却常常升起一股莫名的柔情。每天每天，她走在胡同里都能想起很多往事，从小到大，在这里发生的她和一些“男朋友”的故事。她很想在这胡同消失之前好好清静那么一阵，谁也不见，就她一个人和这两间旧房。谁敲门她也不理，下班回家她连灯也不开，她悄悄地摸黑进门，进了门摸黑做一切该做的事，让所有的人都认为屋里其实没人。有一天，当她又打着这样的主意走到家门口时，一个男人怀抱着一个孩子正站在门口等她。是郭宏。

郭宏打碎了白大省谁也不见的预想，他已经看见了她，她又怎么能假装屋里没人？她把他让进了门，还从冰箱里给他拿了一听饮料。

这么多年白大省一直没有见过郭宏，但是她知道他的情况。他没去成日本，因为那个日本女生忽然改变主意不和他结婚了。可他也没回大连，他决意要在北京立足。后来，工作和老婆他都在北京找到了，他在一家美容杂志社谋到了编辑的职务，结婚几年之后，老婆为他生了一个女儿。郭宏的老婆是一家翻译公司的翻译，生了女儿之后不久，有个机会随一个企业考察团去英国，她便一去不复返了，连孩子也扔给了郭宏。这梦一样的一场婚姻，使郭宏常常觉得不真实。如果没有怀里这活生生的女儿，郭宏也许还可以干脆假装这婚姻就是大梦一场，一切都可以重新开始，作为一个男人他还算不上太老。可女儿就在怀里，她两岁不到，已经认识她的父亲，她吃喝拉撒处处要人管，她是个活人不是梦。

此时此刻郭宏坐在白大省的沙发上喝着饮料，让半睡的女儿就躺在他的身边。他对白大省说，你都看见了，我的现状。白大省说，我都看见了，你的现状。郭宏说我知道你还是一个人呢。白大省说那又怎么样。郭宏说我要和你结婚，而且你不能拒绝我，我知道你也不会拒绝我。说完他就跪在了白大省眼前，有点儿像恳求，又有点儿像威胁。

这是千载难逢的一个场面，一个仪表堂堂的大男人就跪在你的面前求你。渴望结婚多年了的白大省可以把自己想象成骄傲的公主，有那么一瞬间，她心中也真的闪过一丝丝小的得意，一丝丝小的得胜，一丝丝小的快慰，一丝丝小的晕眩。纵然郭宏这“跪”中除却结婚的渴望还混杂着难以言说的诸多成分，那也足够白大省陶醉一阵。从没有男人这样待她，这样的对待也恐怕是她一生所能碰到的绝无仅有的一回。一时间她有点儿糊涂，有点儿思路不清。她低头看着跪在地上的郭宏，她闻见了他头发的气味，当他们是大学同学时她就熟悉的那么一种气味。这气味使此刻的一切显得既近切又遥远,她无法马上作答,只一个劲儿地问着:为什么呢这是为什么?

跪着的郭宏扬起头对白大省说,就因为你宽厚善良,就因为你纯、你好。从前我没见过、今后也不可能再遇见你这样一种人了你明白么。

白大省点着头忽然一阵阵心酸。也许她是存心要在这眩晕的时刻,听见一个男人向她诉说她是一个多么美丽的女人,多么难以让他忘怀的女人,就像很多男性对西单小六、对小玢、对白大省四周很多女孩子表述过的那样,就像我的丈夫王永将我小心地拥在怀中,贪婪地亲着我的后脖颈向我表述过的那样。可是这跪着的男人没对白大省这么说,而她终于又听见了几乎所有认识她的男人都对她说过的话,那便是他们心目中的她。就为了这个她不快活,一种遭受了不公平待遇的情绪尖锐地刺伤着她的心。她带着怨愤,带着绝望,带着启发诱导对跪着的男人说,就为这些么!你就不能说我点儿别的么你!

跪着的男人说,我说出来的都是我真心想说的啊,你实在是一个好人……我生活了这么些年好不容易才悟透这一点……白大省打断他说,可是你不明白,我现在成为的这种"好人"从来就不是我想成为的那种人!

跪着的男人仍然跪着,他只是显得有些困惑。于是白大省又说,你怎么还不明白呀,我现在成为的这种"好人"根本就不是我想成为的那种人!

跪着的男人说,你说什么笑话呀白大省,难道你以为你还能变成另外一种人么?你不可能,你永远也不可能。

永远有多远?! 白大省叫喊起来。

我坐在世都二楼的咖啡厅等来了我的表妹白大省。我为她要了一杯冰可可,我说,我知道你还想跟我继续讨论郭宏的事儿,实话跟你说吧这事儿很没意思,你别再犹豫了你不能跟他结婚。白大省说,约你见面真是想再跟你说说郭宏,可你以为我还像从前那么傻吗?哼,我才没那么傻呢,我再也不会那么傻了。噢,他想不要我了就把我一脚踢开,转了一大圈,最后怀抱着一个跟别人生的孩子又回到我这儿来了,没门儿! 就算他给我跪下了,那也没门儿!

我惊奇白大省的"觉悟",生怕她心一软再变卦,就又加把劲儿说,我知道你不傻,人都会慢慢成熟的。本来事情也不那么简单,别说你不同意,就是你同意,姨父姨妈那边怎么交代? 再说,你把自己的房都给了大鸣,就算你真和郭宏结婚,姨父姨妈能让你们——再加上那个孩子在家里住?白大省说,别说我们家不让住,郭宏他们一直住他大姨子的房,他大姨子现在都不让他们爷儿俩住。所以,我才不搭理他呢。我说,关键是他不值得你搭理。白大省说,这种人我一辈子也不想再搭理。我说,你的一辈子还长着呢。白大省说,所以我要变一个人。她说着,咕咚咕咚将冰可可一饮而尽,让我陪她去买化妆品。她说她要换牌子了,从前一直用"欧珀莱",她想换"CD"或者倩碧,可是价格太贵,没准儿她一狠心,从今往后只用婴儿奶液,大影星索菲娅·罗兰不是声称她只用婴儿奶液么。

我和白大省把世都的每一层都转了个遍,在女装部,她一反常态地总是揪住那些很不适合她的衣服不放:大花的,或者透得厉害的，或者弹力紧身的。我不断地制止她，可她却显得固执而又急躁，不仅不听劝，还和我吵。我也和她吵起来，我说你看上的这些衣服我一件也看不上。白大省说为什么我看上的你偏要看不上？我说因为你穿着不得体。白大省说怎么不得体难道我连自己做主买一件衣服的权利也没有啊。我说可是你得记住，这类衣服对你永远也不合适。白大省说什么叫永远也不合适什么叫永远？你说说什么叫永远？永远到底有多远！

我就在这时闭了嘴，因为我有一种预感，我预感到一切并不像我以为的那么简单。果然，第二天中午我就接到白大省一个电话，她告诉我她是在办公室打电话，现在办公室正好没人。她让我猜她昨晚回家之后在沙发缝里发现了什么，她说她在沙发缝里发现了一块皱皱巴巴、脏里吧唧的小花手绢，肯定是前两天郭宏抱着孩子来找她时丢的，肯定是郭宏那个孩子的手绢。她说那块小脏手绢让她难受了半天，手绢上都是馊奶味儿，她把它给洗干净了，一边洗，一边可怜那个孩子。她对我说郭宏他们爷儿俩过的是什么日子啊，孩子怎么连块干净手绢都没有。她说她不能这样对待郭宏，郭宏他太可怜了太可怜了……白大省一连说了好多个可怜，她说想来想去，她还是不能拒绝郭宏。我提醒她说别忘了你已经拒绝了他，白大省说所以我的良心会永远不安。我问她说，永远有多远？

电话里的白大省怔了一怔，接着她说，她不知道永远有多远，不过她可能是永远也变不成她一生都想变成的那种人了，原来那也是不容易的，似乎比和郭宏结婚更难。

那么，白大省终于要和郭宏结婚了。我不想在电话里和她争吵或者再规劝她，我只是对她说，这个结果，其实我早该知道。

这个晚上，我和我丈夫王永在长安街上走路，他是专门从 B 城开车来北京接我回家的。我从来也没有像今天这样渴望见到王永，我对我丈夫心存无限的怜爱和柔情。我要把我的头放在他宽厚沉实的肩膀上告诉他“我要永远永远待你好”。我们把车存在民族饭店的停车场，驸马胡同就在民族饭店的斜对面 。我们走进驸马胡同，又从胡同出来走上长安街。我们没去打搅白大省。我没有由头地对王永说，你会永远对我好吧？王永牵着我的手说我会永远永远疼你。我说永远有多远呢？王永说你怎么了？我对王永说驸马胡同快拆了，我对王永说白大省要和郭宏结婚了，我对王永说她把房也换给白大鸣了，我还想对王永说，这个后脑勺上永远沾着一块蛋黄洗发膏的白大省，这个站在水龙头跟前给一个不相识的小女孩洗着脏手绢的白人省是多么不可救药。

就为了她的不可救药，我永远恨她。永远有多远？

就为了她的不可救药，我永远爱她。永远有多远？

就为了这恨和爱，即使北京的胡同都已拆平，我也永远会是北京一名忠实的观众。

啊，永远有多远啊。

第十二夜

第一夜

七月的这个下午，我开车从 B 城出发到马家峪去。马家峪是 B 城北部山区的一个小村，离 B 城三十公里，开车只要五十分钟。当初老秦向我介绍马家峪的时候，最先强调的便是城乡之间这种理想的距离，不能说近，可又绝不太远。你花很短的时间就能由一座城市忽然到达一座地道的山村，这种“忽然”感便让不少久居 B 城的人产生一种莫可名状的亢奋，马家峪因此吸引了包括我在内的一些画家。几个月前，已经很有一些我的同行先于我在马家峪买了当地农民的院落，有人还在旧院子里盖起带天窗的新画室。这些院落，多是在山下建了新房的农民丢弃在山上的，马家峪的村民大多已集中在山下开辟了新村。用老秦的话说，农民正一步步挪下山来向城市靠拢，城里人却渴望一步步奔出城去要在山上占领一席之地。也算是当下的一种时髦吧。

靠了老秦的鼓动,我去过几次马家峪。每次的落脚点,自然是老秦买下的院子。老秦可说是马家峪新居民中的元老,他告诉我马家峪是他“发现”的,有了他最先在这儿的安营扎寨,才逐渐有了后来的蜂拥而至者。老秦的院子乱糟糟的,窗下的两小畦白萝卜,由于缺水,长得很不舒展。马家峪至今还没有自来水,吃水要到二里地之外的一个小水库去担。不知为什么老秦还非要种上两畦萝卜不可——他又不管它们。顺着东墙,他又盖起一溜临建似的小房,说是客房,专供像我这样的客人居住的。老秦的画室兼卧室也是混乱不堪的:地上戳着敞开口的小米口袋,床上堆着碗装康师傅方便面。三间原本裸着黑檩梁的石头房,他把墙刷白,吊了石膏板的顶子,反倒有股子城不城乡不乡的单薄之气。那时老秦的画架上架着一张未完成的大油画,画面是一枚直径为一百八十公分的一分钱人民币。猛一看这枚“大”钱,我立刻想起小时候常唱的那首著名儿歌:“我在马路边捡到一分钱,把它交到警察叔叔手里边……”再细看,这枚陈旧的、旮旮旯旯沤满汗泥和黑色油垢的硬币其实沉重而又世故,真有点儿捡它不起的感觉。老秦对我说,就这一分钱,折腾了他两个月,杂事太多,老是静不下心来把它完成。

老秦说的杂事照我看都是他自找。现在他已经成了马家峪买房者与卖房者之间的中间人,整天忙于领着人看房、砍价、立字据、按手印什么的。我知道这种交易违反国家政策,农民出卖的是宅基地,而宅基地是他们无权出卖的,买房的人也就无法享受法律的保护。不过这是一个容易起哄的年代,人们都生怕自己被什么好事落下。既然这么多人都在违反政策,我违反一下又有什么不能呢。我决定在马家峪买房，多半也是基于这种心理。何况，老秦给我物色的院子挺合我的心意。那是一个倚坡而建的方方正正的小院，一溜三间北房，年代虽久，但灰、紫两色的石头房基高而坚固，想来隔潮的性能是好的。屋门锁着，不过我并不急于进屋，这一带房屋的格局大同小异。我猜想这屋内的檩梁也定是粗壮乌黑的，我不会像老秦那样吊石膏天花板，黑梁白墙是我想要的风格。院中有两棵笔直的椿树，屋后山坡上是一棵花椒树和几株山杏。站在高高的台阶上向南望去，你面对的是一座线条和缓的绿茸茸的小山。老秦撺掇我说，最重要的是空气，不信你嚼嚼。我品尝着马家峪湿润、清凉的空气，初次觉得好空气的确是可以咀嚼的，特别是站在这个小院里。我决定就要这个院子。由于信息迟于他人，我知道马家峪能供我挑选的院子其实已经不多，这使得我这决定本身也多少带点儿起哄的味道。我请老秦去打听房主的开价，并嘱咐他越快越好。很快我就见到了房主。房主名叫马老末，是个五十多岁的驼背，烟黄脸，肿眼泡，看人时目光犹豫，主意却很稳。当他看出我真心喜欢这院子时，便耗着时间（约两个月），并把价格一提再提。后来靠了老秦的努力和他在马家峪的好人缘儿，马老末答应一万二卖给我。

七月的这个下午，我便是得到老秦的准信儿，带着钱来马家峪买房的。但是这一日我没有见到马老末，老秦下山去找他，家人说他到B城卖杏儿去了，明天上午才能回来。我本能地对这种说法表示怀疑，老秦安慰我说："沉住气，有我在呢，他不会变卦。"他要我今晚就在马家峪住下，明天上午死等马老末。

这晚我住在了老秦的"客房"里，与我同屋的是老秦的女儿小铭，一个十岁的忽闪着大眼不说话的女孩子，正在这儿过暑假。整整一个晚上我和小铭只说了三句话。她问我："我怎么称呼你？"我说："你应该叫我阿姨。"她说："还是叫女士吧。"

第二夜

吃过早饭，马老末还无踪影，老秦就让我看他的新油画。上回那枚一百八十公分的"一分钱"据他说已经卖了，卖了六千——老秦在这方面没有虚荣心。我说"一分钱"能卖六千也不错了。新油画是老秦的自画像吧，画面上的老秦正咧着大嘴，没心没肺地冲观众笑。老秦说这张画名叫"傻笑的脸"，一个荷兰人已经预订了。我久久地望着"傻笑的脸"，心里却苦苦地想着马老末的行踪。他越是没有踪影，我想买那院子的心情便越是急切。我甚至向老秦表白，只要今天能办妥此事，我其实还可以在价格上做些让步。

过了中午，过了下午，晚饭前，马老末终于露面了。他麻奋着肿眼泡坐在老秦的床边说，那院子，眼下已经有人出到了一万五……接着他就不往下说了。我和老秦都已听明白这是一个要加价的开场白，老秦一边冲我使眼色，一边把马老末叫到院里。俩人嘀咕了半天，又一块儿回到屋里，老秦向我宣布了一个新数目——那当然是马老末和我都能接受的一个新数目：一万三千块。我心里已经认了这个数，但还是假装迟疑了一下。然后，一万三千块，我买下了马老末的院子。照例是由老秦拟定房契，我们三方分别在房契上签字盖章。我收起房契，马老末点清我付给他的钱。当他把钱装进一只粗布小面口袋时，他说还有个事儿，他说他的大姑眼下还在那院里住着。不过老太太七十好几，一直病着，已经活不了多大工夫了，她一死，我立刻就能搬进去。

这是我闻所未闻的一件事，老秦也表示了他的惊异。他对马老末说当初可没谈过这一条，当初他提到那院里好像住着个病老太太时，马老末分明答应只要房一卖，他会立刻把他的病大姑接下山去。马老末没有正面否认他答应过老秦，不过他又说，也许老太太明天就死了呢，也许就在今儿晚上，“今儿早起我家里给她去送饭，见头天的饭菜她一口也没吃”。我对马老末说，钱我付了，那院子就已经归我，无论如何你们得立刻把老太太接走。是啊是啊，老秦也附和着我，马老末苦笑着说，不是他不接大姑，是大姑她不离开那院子。他看了看老秦，又看了看我，说：“要不你们跟着我过去看看？”他那神情是带有鼓动性的，像是说，看看你们就知道我说的不是瞎话——她没几天活头儿了。

这一切都叫人恼火。马老末急着要钱，我急着要房，这就意味着，我们都得盼望那大姑快死。回想刚才马老末鼓动我们去看看的那份神情，就好像此时此刻她说不定已经在那小院里死去。于是，怀着一种既焦虑又残忍的愿望，我和老秦跟着马老末前往我的院子（的确它应该独属于我了）探察。

我的院子与老秦的院子相隔不远，五六十米吧。在黑暗中，我们沿碎石小路深一脚浅一脚地摸进院，走上那几级高高的台阶。马老末掏出钥匙打开门锁，自己先进屋开了灯，才把我们让进屋去。屋是一明两暗的格局，但四壁空空，给人感觉房主为了卖房，已搬走所有能用的家什。马老末带我们进了东屋，向炕上指了指。借着十五瓦的灯泡，我最先看见的是垂悬在炕沿的一挂白发，二尺来长吧。顺着白发向上看，才见炕上团着一堆破搌布样的东西，想必那便是大姑了。我没有找到她的脸，没有看见她的蠕动，也没有听见她的声息。马老末熟练地把手放在深埋在那团"搌布"里的某个部位试了试说，唔，还活着。

我又住在了马家峪，这一夜睡得很踏实。因为房子终于到手了，而那大姑也确是垂死之人。

我和老秦的女儿小铭照旧没有什么话说，当我脱掉衣服躺上床时，她忽然告诉我："女士，你的奶长得好看。"这话出自一个十岁的女孩子之口，不免让人有种惊惧的感觉。我不理她，一心想着我要珍惜我的才情我的时光，躲开所有的喧嚣，在马家峪我的新院子里画些好画。

第三夜

早饭之后，老秦开始忙他那张"傻笑的脸"，我身不由己地又走进了我的院子。我拿着速写本铅笔什么的，站在院里为两棵椿树画了张速写，心中却想着东屋那大姑，她还活着么？不知为什么，面对已然归我所有的院子，我仍然理直气壮不起来。这时我才明白，我所以留在马家峪不走，是在专候那大姑的死讯。她一日不死，我便无法成为这院子真正的主人。而我手中的速写本之类不过是遮掩我这念头的一个幌子。我在院里转了一圈，才犹豫着上了台阶进了屋。自从昨天我和马老末成交后，他便不再为屋门上锁了。我进了东屋，我看见了令我不解的景象：炕上，昨晚那一团破褫布样的大姑坐了起来，正佝偻着身子梳她那头雪白的乱发。她那皱纹深刻的脸由于常年不见阳光，泛着一层青白；但她的五官轮廓分明，年轻时也许是个美人儿。她凝视着站在门口的我，又似乎对我视而不见。她就那么一直抚弄着头发，直到三绾两绾把乱发在脑后绾成了一个纂儿。就像她对我视而不见一样，我也不打算跟她说话。我快速离开大姑回到老秦那儿，把我的疑惑讲给他。老秦说，不能吧，马老末那个大姑，听他说躺了好几年，早就坐不起来了。我说可是刚才我分明看见她在炕上坐着。

老秦就扔下画笔随我一起去看大姑。进院时我们稍显那么点儿蹑手蹑脚，我们都觉出我们内心的不太光明，但我们还是进了屋。那坐在炕上的真的是大姑，老秦证明。

晚上，老秦下山把马老末找来（这个白天马老末确实去 B 城卖杏儿了），有些气急败坏地质问他说，你那个大姑不是瘫了好几年么，怎么又坐起来了？马老末立即说，那就是快了。临死之前的回光返照。

或许这“回光返照”又鼓舞了我，我决意听信马老末的解释，在马家峪住下去。

第四夜

今天上午，我走进我的院子时，见屋门口的台阶上赫然地坐着大姑。她这种坐相儿实在叫人没有防备，她是怎么从炕上挪到了门口呢？她穿一件月白色夹袄（也不知打哪儿翻出来的），粗布黑裤，梳着纂儿，也洗了脸（从哪儿弄的水？）。我不想说这景象令我不快，但至少我心中涌起一股子失望。我探询地望着大姑，大姑紧紧地盯着我。我相信那一刻我们看明了彼此眼里的意思：我是来窥测她的死亡的，她却又活了过来；我断定她即将离世，她却活得比我以为的要起劲儿得多。我的眼光有点儿躲闪，她的眼光深藏着挑衅。我为她用眼光戳穿了我的内心感到窘迫，我多么愿意相信这是她的回光返照啊，可难道这也算回光返照？听人说那种气象不过是短短的一瞬。

晚上在老秦的画室里聊天，和马家峪几个时髦的男女青年，老秦的追随者吧。有两位走乡串镇画影壁挣了点儿钱，现在决心抛弃影壁向艺术进军。我向他们打听大姑的身世，由他们口中，我断断续续知道了大姑的一些往事。

大姑是当年马家峪唯一没有嫁出去的闺女。大姑做闺女那会儿，是马家峪的人尖子。有个青年告诉我，听他奶奶讲，马家峪有正月十五打秋千的风俗，那打秋千的又都是清一色的闺女媳妇。那是女孩子们一年中最显赫的特权，也是她们快乐的极致。男人们把秋千架在麦场上，全村老幼都来参观。大姑打秋千远近闻名，她身子轻巧也胆大，打成"平梁"都不知害怕。她穿着大红袄在空中荡来荡去，仿佛要把自己抛到天上融入云端。她笑着，秋千下的女孩子们尖叫着，至今村中有的老人都还记得当年穿红袄的大姑在秋千上的风采。县里有个基督教堂，马家峪不少村民信了教，大姑和几个姐妹也随着去信教（给人觉得有点儿像今天我们这伙人抢着来买房）。有一回做礼拜时，大姑认识了从北京来的一个青年，给教堂修管风琴的师傅，俩人便偷着好了。村人对此备感奇特，不过也有人说，以大姑当年的姿色，即使混在布衣教徒里，也足能引起那北京青年的注意。可是那年轻人，修管风琴的师傅，终归还是回了北京。大姑怀了他的孩子，也坏了名声。孩子生下三天就死了，大姑却为那个修琴的人死守了一辈子忠贞。后来，抗日了，村妇救会号召妇女们给八路军做军鞋，大姑做的鞋又结实又好看，纳的底子是清一色吉祥的“卍”字花型。到了交鞋的时候，大姑也怀抱鞋包袱兴冲冲地去交军鞋，村妇救会主任举着大姑的鞋对在场的妇女们说：“咱们能让前方的战士穿‘破鞋’做的鞋吗？咱们不能啊！”于是，新鞋被扔回到大姑怀里，从此她再也没有开口说过一句话。她在娘家度过了一生，她本是那院子真正的房主。

我很想继续在马家峪住下去，一时说不准自己的心绪，似乎已不仅仅是为了等待大姑的死期。但是家里来电话告诉我，单位正在评职称，我申报的是国家二级美术师，需要回去进行答辩。几天的时间，单位、职称、美术师、答辩之类的词汇似乎已离我很远，但一经提醒，我便立刻又自如地进入了 B 城的“情况”。在这方面我并不超脱，我需要乡间的院落，也需要世俗的职称。

第十夜

今晚我重返马家峪，又住在了老秦的客房里。房契在我手中已经十天，一切却仿佛全无着落。小铭见了我还是不冷不热的样子，说:“女士,昨天我梦见你裸体开车。”我无心搭理她的古怪,只忙着从车上卸下我给老秦带的啤酒、矿泉水和软包装香肠、火腿什么的。老秦一边拉开一罐啤酒猛喝,一边迫不及待地对我说:“哎,纳底子哪。”

原来,自从我走后,那大姑就开始坐在屋门口纳底子了。老秦自觉接替了我的身份,每日必去我的小院走一遭,侦探似的。老秦是怀着对我的歉意去“侦察”大姑的,大姑坐在门口纳底子的新动向又带给了他新的不安。

马老末不知何时又出现了,他手中拎个包袱,摊在老秦的桌上,他指着包袱对我说,大姑的“装裹”他们都备好了,她今天能纳底子,不见得就能活过明天。他想用这确凿的“装裹”向我证明,他绝不是想收了我的钱,又赖着不腾房。

第十一夜

早晨,我要老秦和我一起到我的院里去,小铭也沉默地跟在我们身后。

这是一个阳光明媚的日子,清凉的空气使头顶的绿树更绿,脚下的红土更红,错落在坡上的石头房子更亮。我们进院时,发现院子竟然被清扫过:略微潮湿的土地上印着有规则的花纹般的扫帚印儿,使这久久无人经营的小院充溢着人气。大姑果然正坐在门口纳底子,她穿着月白色夹袄黑粗布裤,脑后梳着白花花的纂儿,青白的脸上竟泛起淡红的光晕。她分明知道我们三个人进了院,可她头也不抬，半眯着眼，只一心盯住手中的鞋底，似乎人数的众多反倒昂扬了她劳作的意气。她有条不紊地使着锥子和针，从容有力地扯动着淡黄的细麻绳，我认出了鞋底上那吉祥的“卍”字花型。她一刻不停地挥动着胳膊，一阵阵青花椒的香气从后坡上飘来，是风吹来的香气，又仿佛是被大姑的手势招引而来。那是已经属于了我的花椒树呵，它当真还能属于我么？

我站在台阶下，望着“咝咝”抽动着麻绳的舞蹈一般的大姑，忽然有种甘拜下风之感。

回到老秦院里，我做出了一个决定，我决定退掉大姑的院子。老秦说，你就不能再等等？我说，这不是等不等的事。老秦说，再从马老末手里找回那一万三千块钱怕不太容易。我说咱们试试。

第十二夜

和马老末谈话是艰难的，不要他的院子似乎不可思议；请他把钱退给我，那更是天方夜谭。从下午到晚上，事情没有结果。老秦为了帮我退房，比当初帮我买房付出了更多的精力。他请马老末吃晚饭，请他喝啤酒吃香肠，还送了条云烟。马老末就是一句话：“我真闹不清你们这是为什么，那么好一个院子。”我的态度也很坚决，我坚持退房并要回我的一万三。马老末说，钱他是一分也拿不出来，给他一个远房侄子拿走投资开铁矿去了。我说那么我就要考虑诉诸法律，马老末说那你就上法院告我去吧。说完他站起来，摇摇晃晃地下山去了。

老秦说，你还是要了那院子，你知道法律不保护咱们这种交易，你去哪儿告马老末呢。我说我绝不再要大姑的院子，并且我一定要亲口告诉她。我说着拔脚就走，老秦跟了上来。

大姑的院子里，东屋亮着昏暗的灯光。她佝偻着身子坐在炕上，还在低头纳底子。她有条不紊地使锥子使针，从容有力地扯动着细麻绳，伴着“嗞嗞”的抽线声，她抡动着胳膊舞蹈一般。一切都和上午一样，她只是挪了个坐的地方。我站在屋门口，老秦站在我的身后。我说，嗯，您能听懂我的话吧？我说，这院子我不买了，嗯，不买了。我说，我愿意让你硬硬朗朗的。我说，您的花椒树可真好，山杏儿也好，嗯。

我不指望大姑开口，我知道几十年来她从不开口。可她却抬起了头。她看着我，那眼神里有诧异和失望，或许还有几分没有着落的惆怅。好比一个铆足了劲儿上阵来的拳击者，却遇到了对手的临阵逃脱。

当大姑收回眼光又低头纳起底子时，我和老秦就出了屋。走到院里我听到身后一个轻微的响动，是东屋炕上的响动。我们返身回去，见大姑已经倒在炕上。老秦伸手在她鼻下试试，说，死了。

次日我开车返回B城，老秦让我把小铭捎回城去。我们一路无话。快进城时，她冷不丁问了一句：“女士，你见过管风琴么？”

至今我也没能从马老末手里追回我那一万三千块钱，听老秦说，马老末已开始背着老秦，四处物色买房的人了。

有客来兮

这天晚上，李曼金接到南方表姐的长途电话，说他们一家三口要来。来就是要来李曼金所在的城市，来就是表姐要住在李曼金的家。表姐说，女儿冬冬考取了北方一所名牌大学，他们想让冬冬先适应一下北方。时间嘛，就一星期。

表姐的要来，李曼金没有任何思想准备。再者，表姐的口气不是商量，倒更像通知：哎，我们明天就到，啊。好像李曼金随时都在恭候他们一家。但李曼金面对话筒，脸上漾着笑，还是表示出对他们毫不迟疑的欢迎。她猜表姐在那边感受到的也一定是她的这副笑脸，她这毫不迟疑的欢迎。待人接物脸上常漾着笑容，这仿佛是李曼金的天性，就是遇上倒霉或惊险，李曼金也是笑着对人诉说：扛着的呀，我。比如那年在单位没分上房，比如职称被人挤了，比如丢了钱包，李曼金都会笑着讲给人听。她笑着，脸上泛着潮红，好看的笑眼里有光芒溢出来。一般人就觉得李曼金心里不放事，他们连李曼金讨厌谁都不清楚。但李曼金在观察人和洞悉人这方面自有她的过人之处，并且李曼金也有她的突发奇想。比方她幻想着当她退休的时候，当单位给她开欢送会的时候，她要当着单位全体人员的面，当场告诉大家她最不喜欢谁，她最憎恶谁，她最腻歪谁。很可能那被腻歪的人，还以为他从来都是被李曼金所喜欢呢，尽管一个人是否被李曼金喜欢并不重要。一想到“当场告诉”这几个字，李曼金甚至有种难耐的亢奋和预先的快感，仿佛她活了一世，就为了等着离开工作舞台时的那个“当场告诉”。只是她离退休还有些年，所以她的突发奇想只能暂时寄存在脑子里。如今表姐的要来，总不能说是她的倒霉吧，更谈不上有什么惊险。

李曼金放下电话，抻抻身上一件将要穿糟了的、好似再也经不住揉搓的针织衫，想起前些年媒体对一位国家领导人艰苦朴素的报道，说他的内衣穿出破洞也不买新的。李曼金想，这些写新闻的人真是不知道糟衣裳的好啊。然而，从明天起她就要脱掉这件在家穿得随体又舒坦、吸汗又透气的“破衣烂衫”，衣冠整齐地拘拘谨谨地过一个星期。大夏天的，七天。夏天在家，和李曼金联系最紧的就是这身糟衣裳，还有无所顾忌的松散。李曼金一边留恋着糟衣裳和居家的松散，一边又不忍心把未来的七天想成那么难挨。不过有一件事她得赶在表姐到来之前处理：书房桌上压着两张火车票，她和丈夫何平原本是要去北疆一个凉快地方旅游的。李曼金忽然觉得眼角起了眵目糊。

李曼金和表姐有三十几年不见了，她们是姨表亲，她管表姐的妈妈叫大姨，管表姐的爸爸叫大姨夫。小时候母亲常带她到表姐家去做客小住。那时她在表姐家是个不显山水的小孩，表姐在她眼里却显得气派而又伟岸。加之表姐穿一双偏带黑皮鞋，李曼金脚上的鞋是花条绒的，这给李曼金和表姐之间也造成了一种难以弥合的距离，虽然她和表姐差不了几岁，表姐是小学高年级学生，她是小学低年级学生。那时李曼金的大姨夫是长江边上一个大城市的市长，家里房子很大，依山傍水。房里有一般人家少见的皮沙发，有专放电话的电话桌。表姐可以随时拿起电话拨，有时拨给同学，有时拨给上班的爸爸。有一次她竟然把电话拨到大姨夫机关的管理处，说家里的特供油没了，需要立即派人送来。这件事连做饭的老阿姨都觉得不合"路数"，她不客气地指着表姐说，等着吧你，看你爸爸回来怎么批评你吧，这电话也是你能打的？果然大姨夫回来很严厉地批评了表姐，大姨也在一边说，电话是组织上为领导干部提供的工作方便，表姐也没有权力去指使管理处的干部。那时大姨和大姨夫最爱说"组织上"。对于这部组织上为大姨家提供的电话后来和表姐之间又怎么了，在李曼金的记忆里有些模糊，但表姐家的特供油却给李曼金留下了永远不可泯灭的印象。老阿姨炒菜时举着油瓶果断地往锅里一歪，锅底的油立刻能汪成茶碟大的一摊。而李曼金自己家里炒菜，锅底上的油比分币也宽大不出多少。有一次李曼金在家炒菜糊了锅，母亲说是因为她走神儿，李曼金却说是因为锅里油太少，要像大姨家那样还能煳？大姨家油多，米面多，茶叶也多。那茶叶不是放在茶叶盒茶叶筒里，是放在一个板凳高的小水缸里。茶们用草纸分类包裹，或碧螺，或云雾。为了防潮，缸底垫上用纱布包着的石灰块。大姨家还给李曼金留下了什么印象？还留下了表姐爱摔东西的印象。那摔并不是故意，是表姐的一不留神。从小大姨就教导表姐爱劳动，规定让表姐帮老阿姨收碗筷，那么表姐就摔。许多碗盘豁着边，家里人也不批评她，大姨只说，小心一些不行吗，你呀。过后这些瓷器们还是坏在表姐手里。表姐还给李曼金留下了一个印象：本是上着小学的她，会品茶会喝老酒。她喝起老酒来大人一般，家人都说表姐喝酒不知什么叫醉。喝茶她则能品出茶的新旧和等级。表姐待李曼金也不算薄，遇到分糖果时，她不是拿一块两块，而是抓一小把，她抓起一把糖往李曼金口袋里一塞说，吃吧吃吧！这时的李曼金虽然感觉到表姐的豪爽，同时也意识到自己的被打发。但口袋里毕竟有了一小把糖啊。那时李曼金就明白意识到表姐和自己本不属一个阶层，表姐的一切行为都是她可望而不可即的。

李曼金坐在沙发上想着应该让丈夫何平尽快去退票，一边不由自主地端详起自己这套三室一厅一厨一卫的房子，决心要让房子和她或她和房子体面地迎接表姐一家三口的到来，决心把这班亲戚接待得滴水不漏，善始善终。这套房子是他们一年前刚买下的，买房全靠了何平的收入，他开着一家小广告公司。李曼金是一所人学学报的编辑。房子不大，但她和何平还是狠花力气把它装修了一番，该有的都有了：榉木包镶，柳桉门，文化石砌成的电视墙，起着几层花线的灯池……他们要求工人做得一丝不苟。地板虽然是复合材料，但也是上好的船牌，她受了电视广告一个吹着胡子跳着踢踏舞的卖地板的外国人的感染，据说那地板比船的甲板还耐磨。厨房虽小，能显时尚的用具却一应俱全。何平有一次到外地出差还买回一套德国双立人牌刀具。这套厨刀的价钱很使李曼金目瞪口呆了一阵，她对何平说，快赶上咱们的冰箱贵了，你可真敢。但李曼金还是笑得目瞪口呆地接受了。目前她对那一组七长八短的刀具的性能还没来得及研究，但她还是感受到这套配有木架的刀具大大提高了这厨房的档次。提到李曼金家的冰箱，冰箱很大，大得进不了厨房，只好摆在客厅一角。冰箱一启动，客厅里泛着嗡嗡的回声。

住进新房之前，李曼金好像忘记了三十多年前小住大姨家的一切，只待搬进这三室一厅一厨一卫的房子，她才不时想起大姨家那所大房子。一想起那所大房子，又总对比出这套新居的单薄。首先是这人造地板，走起来缥缥缈缈。而大姨家的地板虽旧，踩上去却腾腾作响，脚下有根。装修时李曼金曾提到过实木地板，何平就说，忍忍吧太太，咱们的基础是筒子楼，蜂窝煤。也是，李曼金想。再说，大姨家的房子虽大，地板也实在，但那是“组织上”的。眼前的一切可都属于李曼金和何平。再说三个房间住起来也还得体：一间是二人共用的书房；另一间是儿子的，儿子现在美国念大学，便有了一间的富余。现在她的计划是，表姐和冬冬住儿子的房间，姐夫闻忠在客厅支个折叠床。李曼金暗自做着计划，行动也跟了上来，她开始了对这房子的拾掇，她决心要先在视觉上引起表姐一家三口的注意。视觉给人以愉快，便能抵消她小时候那种不显山水的渺小吧。李曼金打扫房间从来就是不辞劳苦，她先用吸尘器把犄角旮旯吸了个遍，还不忘给吸尘器换个“嘴子”，连沙发缝、文化石、窗帘褶子也吸上一遍，然后是无休止的、无孔不入的擦洗，最后从壁橱里找出客人所需的寝具，再把枕头一个个拍松。何平很晚回家后，看到的是李曼金汗流浃背、头发打绺儿的样子。李曼金就势把有客要来的消息告诉何平，一边拿出那两张旅游火车票交给他。何平看看眼前的一切，接过车票只说了一句话：能退。还提醒李曼金，在客人到来之前，务必去趟超市。第二天,李曼金很早就去了超市,买回了鱼虾、啤酒、雪碧和冰淇淋。路过花店时,还选了康乃馨和箭兰。回到家来,李曼金分门别类把食品放进冰箱,将鲜花摆上餐桌,再把她最重视的厨房重新做些布置,还不忘把那套双立人刀具摆在一个最显赫的位置。她想,显档次的东西不在多,就看来人识货不识货了。当年大姨家的地板虽实在,但厨房里就一把长着锈的老菜刀。

这天晚上,何平开着他们的"富康",从火车站把表姐一家三口接了回来。临走前李曼金唯恐他们互相认不出,特意让何平举个牌子,牌子上写着她拟就的一行带点儿感情色彩的字:李曼金欢迎表姐一家!

表姐一家进得门来,先把大包小包"双肩背"等跟头骨碌扔了一地,然后没等坐稳就开始了对这城市、这房子的品评。姐夫闻忠是个有点儿谢顶的赤红脸,大个儿,脚偏小,讲一口南方腔的普通话。他原先在一个大厂当车间主任,现在刚下岗。闻忠说话时总把自己的手指关节捏得嘎嘎作响,不是右手捏左手,就是左手捏右手,每个指头都不放过。闻忠捏着手说这个城市怎么像个村子,道路坑坑洼洼,摆小摊的还占着道。怎么满街都是卖驴肉火烧的,驴肉什么味道?冬冬就说为什么允许开车鸣喇叭,警察也不管吗?不是省会吗?表姐就说树少,树少。李曼金想,一定是何平抄近道走了些乱七八糟的旧街小巷。何平粗心了,她也粗心了,忘了叮嘱他走一条光明大道。现在客人这些话就像是专门说给何平听的。何平不知如何对付这样的开场,李曼金替丈夫解围似的说,这城市没有历史,才七八十年。闻忠就说深圳呢,珠海呢,不就才二十几年嘛。表姐就说城建,城建。意思是说一切都因为城建步子太慢。李曼金感受着表姐这两个字一组、两个字一组的句式，仿佛又听见了表姐当年抓起一把糖对她说的“吃吧,吃吧”。如今表姐说着城建城建,口气内行而又老练,好像她就是一名负责城建的官员,其实她的职业是粮食局的出纳。待客人对这城市的一番议论过后,李曼金就想,快要轮到对这房子的议论了吧,这房子也许能够挽回一些客人对这城市的坏印象。这样想着，她便观察起他们的神情、眼光,希望他们的眼光尽快转向这房子里的方方面面，并有意无意地把多宝槅上的一个什么东西扶了扶正。可是表姐一家对这房子却是一副视而不见的冷漠,好像他们面对的不是一套舒适的新居,好像他们仍处在什么车站或码头。他们外衣也不脱,鞋也不换。李曼金便决心从换鞋开始再次引起他们对这房子的注意。她从小门厅的鞋柜里提出三双拖鞋,依次摆给三位客人说,换换鞋吧,地板倒不怕脏,你们的脚可是应该松快松快,坐了一天的火车。果然客人一边换鞋一边议论起这房子。他们换好鞋(闻忠的脚放着味儿),正式坐上沙发,表姐问李曼金:金金,怎么不买套跃层的？表姐说话爱抹搭眼皮,这是小时的习惯。李曼金常常觉得,当她抹搭着眼皮时,看的可能是高处。现在由于年龄的增长、眼皮的松弛,李曼金觉得表姐的眼皮更抹搭了。李曼金看着表姐的眼皮说,跃层要贵得多,是这套房子双倍的价钱。闻忠说,按揭,按揭。农行吧，我们这里好像是农行。表姐说农行、农行。李曼金正给客人往杯子里倒雪碧,想着过去她不懂什么叫按揭,买这套房时才明白按揭就是买房找银行贷款。雪碧正在杯里繁殖泡沫,像按揭的基数在逐年增长。开发商喊得好听,先交四万就可入住,听上去就像白给,其实一套四十万的房等到二十年交齐时就变成了八十多万。雪碧的泡沫在杯子里逐渐消失，李曼金将三只杯子摆上沙发桌，这时沙发上少了冬冬。冬冬正光着脚盘腿打坐在冰箱前，拉开冰箱找吃喝，显然她对雪碧没兴趣。她在冰箱里一阵扒拉，最后从冷冻抽屉里拿出一盒冰淇淋，三步两步跨过摊在地上的箱包，回到沙发前坐下，端详着盒上的商标说，和路雪呀，凑合一盒吧。这时李曼金发现冬冬是一口四环素牙。

闻忠喝起雪碧，冬冬吃起冰淇淋，表姐不吃也不喝，说，金金啊，还是给我一杯茶吧。表姐这个突如其来的看似平常的要求却让李曼金一阵忙乱。采购时她什么都想到了，唯独忽略了表姐的品茶习惯。家里不是缺茶，是缺表姐要喝的、盛在小缸里的草纸包着的那些茶。她在厨房里乱翻一阵，还是给表姐端来一杯。表姐用眼的余光扫了一下茶杯，果然没有喝的意思。闻忠替表姐说，到现在他也不明白，北方人为什么喜欢花茶，南方人不喝的呀。何平坐在不远处一只矮凳上说，是，是有差别。冬冬就说，毛病，毛病。也不知她指的是北方人的还是南方人的——毛病。李曼金觉得很不好意思，抱歉地对表姐说，要不然冲杯咖啡？表姐说，还是给我白开水吧。

两家人闷坐片刻，还是找到了新话题。他们说巴勒斯坦土地换和平的前途将会如何，说米洛舍维奇到底该不该受审，说哪个省的大贪官判轻了还是判重了，说现在的大米净是有毒的，一些瘦型猪是让猪吃了盐酸克伦特罗，这是一种哮喘药。大都是闻忠说，何平附和。表姐从沙发上站起来，这儿走走，那儿看看。冬冬则挨个屋子观察，哪间该是她的卧室。很快她就得出结论，指着一个房间说，我就睡这间吧。说完，先提起她的“双肩背”走了。下面是表姐出示礼物的时刻。她拉开一只提包把礼物往沙发桌上摆，有从那个城市老店买的老牌子干货，有从超市买的膨化食品，还有一套专喝功夫茶的紫砂茶具。最后拿出两块不带包装的衣料，并指出哪块属于谁。李曼金一眼就发现，属于她的那块和表姐身上那件短袖衫的花色一样。不能说穷气，但有明显的“背时”之感。李曼金笑眯眯地接受着礼物，不能说笑得不真实，也不能说太看重它们。然后她说，休息吧，大姐和冬冬睡一间，姐夫就在客厅支个折叠床委屈一下。表姐立刻说，他可不行，打呼噜能把你们吵死，不是还有间书房吗，把他关在书房里。

也行，李曼金迟疑了一下说，我去给姐夫支床。

这时冬冬早已在卫生间打开电淋浴器开始洗澡，她花很长时间把自己洗涮干净，穿一件过膝的大背心出来，拿个空调遥控器跑着喊着说：降温降温，二十度可以啦！而李曼金设置的空调温度一般是二十六度。

表姐和闻忠又排队在卫生间一阵洗涮之后，这套三室一厅一厨一卫的居室才算安静下来。李曼金和何平没再接着洗，他们的电淋浴器是四十升的，平时两人洗“一桶”凑合。表姐他们必得一人“一桶”，客人洗完轮到主人，可能天也快亮了。

李曼金换上她的“破衣烂衫”躺在床上。

何平说，这南方人和北方人就是不一样。

李曼金说，当初我说买个六十升的(热水器)，你非不。

何平说，你说的是洗澡。

李曼金说，你说的是什么？

何平说，哪儿都不一样。从前你净夸你表姐，也看不出什么来。

李曼金说，不许你贬我表姐，见过什么呀你。

这时他们隐隐约约听见闻忠的呼噜声。

昨晚共用卫生间有了教训，今天李曼金特意早起，把何平也拍醒。何平睁开眼，立刻又接上了昨晚的话茬儿，说，我真看不出什么来，从前你净夸你表姐。李曼金没理何平，一个人关好卫生间的门，提早做些早晨该做的事。昨晚的初次见面不能说一切都是愉快的，可她还是愿意把表姐想成过去那个伟岸而气派的表姐。至于冬冬，凑合一盒啦，拿着遥控器乱降温啦，年轻人的通病吧。闻忠的嘎巴嘎巴捏手，倒使她太阳穴一阵阵发紧，不过这种声音她只须听七天就可消失，又不是一辈子。所以李曼金还是愿意带着好心情度过这一星期。再说，表姐家目前的景况不如自己，一没买房子二没买汽车，工作显然也不如意。可表姐毕竟是在那座大房子里生活过的表姐：抓一把糖往她眼前一递说，吃吧吃吧。多豪迈。

李曼金梳洗完毕，告诉何平一会儿照顾表姐他们吃早饭，自己决定赶早去买些最新鲜的蔬菜，让他们看看，这城市不是只有驴肉火烧，也有上好的鲜菜。或许是水土的缘故，家里来过的客人都夸这里蔬菜味道地道。

在菜市场，李曼金买了时令鲜菜，肥鸡活鱼，还买了两斤醉泥螺罐头。她想起这是表姐最爱吃的东西。今天她将自己下厨操持午饭，尽管这已经是一个谁都不愿意在家招待客人的时代。李曼金决心用自己的厨房，自己的手艺，自己的好心情招待好这一家远道而来的亲戚。回家的路上，她在脑子里开列出一张中西合璧的大菜单：冷菜她决定以蔬菜火腿沙拉为主，再加几碟拉皮呀，糖醋小萝卜呀，姜汁松花呀；西餐主菜她决心做一道俄式的黄油炸鸡卷。然后是清蒸鳜鱼，油爆泰国虾，外加几个素菜小炒，基本就成个气候了。

李曼金买菜回来，见餐桌四周已经无人。有把餐椅没归位，椅背上搭着表姐的花衬衫。餐椅归位是李曼金一贯的主张，她认为只有餐椅归位才能显出一个餐厅乃至一个家庭的秩序。现在桌上还摊着早餐的餐具，何平不收，客人不搭手。此时客人正对这房子展开着细致入微的议论，一班人围着闻忠看他在厨房里敲地砖。他拿个锤子冲着每块地砖敲，说这地砖铺得不结实，有空心。说走不了多久就得一块块翘起来。敲完地砖就去跺地板，说这种中低档地板实在还不如水泥地，走起来满唬人，它释放出的有毒化学气体对人体的危害其实是不可估量的。表姐看见李曼金进来就说，金金，选吊灯怎么不选那种带水晶串珠的呀，不然带葡萄叶的也好呀，我就爱逛灯具市场。冬冬说，爱逛就是不买。闻忠说，逛逛也不妨嘛。说完把锤子往地板上一扔，回到餐桌旁，拉开一把椅子坐下就捏手，嘎巴嘎巴的。李曼金放下菜，一边收拾餐桌，一边用笑容承接客人对房子的挑剔。她只是想，表姐小时候本是爱劳动的呀，专收餐桌上的碗盘。见李曼金收桌子，表姐才过来帮她，说，在家这都是闻忠的事。闻忠说，你不收，我也不收，谁收？冬冬说，随你们。李曼金说，还是我收，你们坐去吧。表姐就离开了餐桌。李曼金这才发现她今天换了一身衣服，鞋也换了，高跟的。表姐穿着高跟鞋，行走起来身子有点儿向前探，膝盖也向前突出着。再说人在家里穿高跟鞋，显得格外“村气”。李曼金想，看来表姐始终没有找到穿高跟鞋的感觉。小时候表姐脚上那不同凡响的偏带黑皮鞋其实要比现在她脚上的高跟鞋更随和。

一个上午,李曼金忙午饭,何平打下手,冬冬在书房占着电脑打游戏,表姐和闻忠面对电视墙看一部卫视电影频道的什么电影,电视机里不断传出嗨!嗨!呀!哇……

李曼金按计划把午饭摆上桌,餐桌被一块大亚麻台布罩住,每人眼前有中西餐具各一副。李曼金让何平致欢迎词,何平只说了些不知打哪儿模仿来的套话:难得一聚,难得一聚。然后众人碰了杯。作为头菜的几个冷菜,没有人发表评论,没有人说生菜新鲜,沙拉漂亮,但闻忠和表姐都吃。冬冬不吃,只用筷子扒拉,说,沙拉怎么这味?不对的呀。热菜上来后冬冬只吃泰国虾,吃起来没命。闻忠爱吃黄油鸡卷,刀叉用得虽不地道,也还能对付着切开。表姐看到醉泥螺果然眼睛一亮,吃了几口却又说,罐头,罐头,没筋没骨的。她问李曼金,你记得小时候吃泥螺的味道吗?李曼金说记得。老阿姨炒的泥螺,表姐一口气能吃半碗。这时一大盘泰国虾差不多都被冬冬吃了,吃完就问,有日本酱汤吗?说世界上最好吃的就是日本酱汤。表姐这时倒说,其实冬冬就喝过一次那东西,那年和日本学生一起参加夏令营,一个日本孩子送过她一包,速溶的,她就记住了。冬冬在得知没有日本酱汤后,离开餐桌就去打电话,她的电话都是长途,打完一个又一个。对方不是同学就是朋友,她和他们聊着在这里的感受,不时说着:还可以……还可以吧……没有,没有……没什么玩的地方……还不知道,不知道……当全家人都离开饭桌,李曼金收拾完碗筷,冬冬的电话还在打。李曼金想,这差不多要等于他们家一个月的电话费了。和早晨的情绪相比,她多了些疲惫,也预感到这个星期将是漫长的。冬冬在电话里提到的“没地方玩”倒提醒了她，她想，何不带他们出去走走。这里虽然没有长江边上那些名山古刹、湖光帆影，可不远处有清代几个皇帝和妃子的陵墓，有抗日战争时的地道战纪念馆，还有一些新开发的零零星星的名气不大的旅游景点，据说在那里可以登野山，观野景，尝野味。表姐的来，好歹也是一次旅游。

旅游开始了，每次出游都是何平开车，闻忠个儿高坐前边，三位女性坐后排。为了让表姐坐得宽松，李曼金总是背不靠座位地歪坐在一边。小时候她坐大姨夫的车出门，就是这个姿势。表姐看着李曼金的姿势说，你这车太窄，还赶不上从前爸爸坐的“华沙”。闻忠就扭过头来说，华沙算什么，和前苏联的胜利牌一个车型，赶不上富康。表姐说，可是比富康宽。闻忠说，不可能，那是你小时候的感觉，小孩看马，比大人看马还大呢。表姐不再说华沙的事，转而说，哎，金金，还记得胖子吗，当时他爸爸管“公检法”。李曼金说记得，咱们还一起爬过太岁山。表姐说，对，对，现在卖音响，生意做大了，开着一辆……冬冬接过来拖着长声说，宝——马。表姐说，你们就买宝马吧。闻忠在前边对何平说，也不必，我看帕萨特就可以，无级变速，档次也不低。何平不说话，路不好走，他不时换挡、加油。李曼金也不说话，心想这个距买车尚远的家庭，对车却如此内行。从“华沙”到“帕萨特”，跨越了整整半个世纪，在这半个世纪里，大姨和大姨夫已经不在人世，表姐一离开他们和他们那所大房子，不知为什么逐渐变成了一个不入时的人，却还不甘心地偏要做出一副与时俱进的样子。想想这些，李曼金又有几分替表姐心酸。她转移话题似的说，喝水吧。说着从脚下举出几瓶“娃哈哈”。偏偏表姐的眼皮一抹搭一抹搭的，还不愿意结束刚才那个话题，说，金金，表姐现在不如你，我要是你，日子可不这么过。我赞成胖子，干什么都一步到位。这，高不攀低不就的。冬冬突如其来地喊道:买“大奔”买“大奔”。闻忠的手嘎嘣嘣、嘎嘣嘣。

旅游点到了，是个野景。已是中午，何平先领大家吃烤全羊，吃着，有几个假朝鲜人还跳舞敬酒的。下午他们登山，滑沙，骑马，坐滑竿，在个水泥池子里钓鱼，所有项目都领略一个遍。冬冬夺过何平的数码摄像机，像玩手枪似的，对着人和景，一阵阵乱摄，一小会儿就拍掉好几盘带子。晚上他们回到家来就放录像，屏幕上是他们吃烤羊的嘴，一些朝鲜人的扇子和胸脯子，半个脸的他们举着鱼竿傻笑，还有就是他们一双双爬山的脚，其中表姐的高跟鞋最为突出，在凹凸不平的山路上一崴一崴的，鞋跟和方的、圆的石头做着狠狠的碰撞。表姐和闻忠也许因为是第一次从电视上看到自己，看得格外兴奋。李曼金在一边却忍不住说，冬冬，应该让小姨夫教教你，手要稳，构图得讲究，镜头推拉也要掌握。冬冬说，那我这就算是玩行为艺术吧，行为艺术讲的就是不完整，就是出其不意。我有个同学的爸爸就是搞行为艺术的，专在头上种草。把头发剃光，在头皮上拉几个口子，把草根洗洗，栽进去，让助手给他缝上。李曼金说，听着都受刺激。冬冬说，行为艺术玩的就是刺激，艺术就在于带有刺激性的发现。李曼金想，闻忠的捏手也是行为艺术了。

看完录像，谈完行为艺术，几个人又是洗浴的洗浴，打长途的打长途。李曼金和何平在卧室相对而坐，待着，等着，等着这三室一厅一厨一卫的房子安静下来。李曼金看着开了一天车的何平那不急不躁的样子，心想幸亏眼前是何平，永远那么平和。这时她也才明白，她自己已经是在忍耐了。

下一天是参观皇帝的那些陵墓。闻忠说皇帝选地方选得不好，这风沙就可够皇帝受的。表姐说，脚上打了泡，上不去那些大坟头，只在一棵白皮松下坐着。冬冬说，这儿卖的矿泉水都是假的。

再一天是钻地道，表姐倒是来了情绪，说，小时候她爸爸给她讲参加过地道战，准是这儿。她在地道里弓腿弯腰的，让冬冬紧跟着她做些实战体验。冬冬就说，她怕耗子，她看到耗子正在里边跑。闻忠在地道里捏手，回音格外大。李曼金和何平都像真听到了当年实战的枪声。

再一天是游一个水库改造的人工湖。李曼金买游湖的船票，表姐一家坐在水泥堤坝上不起来，没有游湖的意思。李曼金方才恍然大悟，想，怎么就忘了表姐一家本是来自水乡。

再一天李曼金就推托单位有事，何平也说有个小项目需要他去处理一下。客人便在家里自由活动。

明天客人就要走了，按照待客之道，今天主人应该陪客人逛逛商店。李曼金准备带表姐一家去“北购”，“北购”是这城市最大的一家综合性商场。行前何平嘱咐李曼金备下些“银两”，好在必要时拿得出手。他们一行五人来到“北购”。其实像“北购”这种商场在中国已经比比皆是，不足为奇。但它对表姐仍然有着格外的吸引力。比起那些帝、妃的陵墓和野山、野味，表姐要兴奋得多。她像一名“质检员”一般，对这店里那号称五万种商品的系列做起不辞劳苦的研究。

该拽的拽过来，该捧的捧住，该敲的敲，该听的听，该闻的闻，该摩挲的摩挲……并认真察看着商品标签所标的价码，和她的城市做着对比，连小数点以后的数目，她都能做出或高或低的结论。有时闻忠和她争论，但就像争论“华沙”车体的宽窄似的没有结论。冬冬早就穿梭似的寻找自己感兴趣的东西去了。何平站在远处想自己的事，只有李曼金随从般地守在离表姐不远不近的地方。她少言少语，对表姐的见地或附和，或不附和。当他们来到灯具卖区，表姐果然表现出更浓厚的兴趣。她把所有灯具巡视一遍后，叫过李曼金，指着一盏四处牵挂着串珠、点缀着“金枝玉叶”的吊灯说，她欣赏的就是这一类。说，一盏灯能烘托出一套房子。说，还有壁灯，北方人就是不注意壁灯，四壁光秃秃的，像根本没有装修。吊灯你们如果不换，壁灯总得补上。你们的走廊，你们的客厅，你们的阳台，都得有。她给李曼金指点出几种：这种，要么这种，我看都可以。听着表姐的指点，李曼金做些恰如其分的附和。看完灯具已是中午，他们就在这店的美食厅就餐。何平请大家吃土耳其烤肉，表姐就说，有驴肉火烧吗，现在我倒想尝尝。李曼金说这个商店没有，只有小街道的小摊上才有。大家吃喝完毕，还有一多半的楼层等着表姐去逛。那么就接着逛。只是表姐总不尽兴，广播里已在提醒顾客是打烊的时候了，表姐还没有要买什么的意思。何平把李曼金拉到一边商量，让她赶快做主表示一下。于是李曼金分别给表姐、闻忠和冬冬都买了自己认为得体的礼物。

晚上，李曼金夫妇谁也没有提及这一天的感受。也许李曼金在想，这七天，他们夫妇是圆满的，他们总算是圆满了。表姐终归是她的表姐，常说亲不亲，姨表亲。她忽然想起表姐还没吃上驴肉火烧呢，就决定明天一早去买。

早晨很闷热，早饭后表姐一家就要走了。李曼金提早起床去给表姐买驴肉火烧，她决心什么遗憾都不留给客人。为了赶时间李曼金几乎是一路奔跑。在一个犄里旮旯，她终于找到了那东西。她让摊主将一个个火烧用刀片开，再把切成薄片的驴肉夹进去，用个食品袋兜住，便飞也似的、汗流浃背地跑回了家。

表姐一家的箱包又滚上地板，闻忠却歪在沙发上喊腰疼。原来他有腰椎间盘突出的毛病。李曼金拎着驴肉火烧过来问，是不是昨天逛商店累的，家里，冬冬设置的空调温度又低（二十度）。表姐就说，不是不是，折叠床太软，闻忠不适合，闻忠根本就不能睡太软的床。

李曼金没有说话。只在这时，七天来挂在她脸上的笑容才顿时消失。她转身进了厨房，把驴肉火烧胡乱堆在一个盘子里，茶水、咖啡也不再张罗。何平见餐桌是空的，李曼金又在厨房里不出来，感到事情有些不好。他跟进厨房把门关严，李曼金正靠住洗碗池发愣，出着长气。何平悄悄问她早点的事，李曼金压低了声音狠狠地说，都在那儿！何平把驴肉火烧端上桌，又给大伙每人泡了一杯袋装红茶，李曼金仍然在厨房里不出来。客人却是少眼力的，他们并不知道厨房里发生了什么，更没有发现李曼金的消失。他们咬着驴肉火烧议论起来。表姐说，什么什么，就是这个？闻忠说，驴子就是驮东西的，肉可难登大雅之堂。冬冬就说，火车味儿，火车味儿。他们这种对他人浑然不觉的劲儿，如果不是可恶，简直能够称作可爱了。李曼金在厨房里倾听着外边的议论，忽地一下把洗碗池上的水龙头打开，水响得哗哗的，仿佛替她发泄着愤懑。但这愤懑却变得十分难耐，她偏在这时又固执地、无法停止地想起表姐一个坏习惯：吃完饭从来不把拉开的椅子推回到饭桌下边去，每次都是李曼金替她收椅子。别人离开饭桌时顺带就收好了椅子，包括冬冬。唯独表姐的椅子，总是游离桌外耍赖似的远远歪在一边，像个正给其他椅子训话的领导。它顽强地歪在那儿，致使李曼金觉得就是它干扰和打乱了她一生的秩序。这事小得提不起来，但往往事情越小，就越惹人气恼。一瞬间，李曼金那个埋藏在心中年深日久的愿望，那个名叫"当场告诉"的愿望突然来了，因为年头太久，它已经像个不速之客了。今天的李曼金决定叫这心中的不速之客做一回主，她要它破坏一回她本可以熟络一生的善始善终。现在她知道她只需再来那么一小点儿控制力，再坚持二十分钟他们就彼此看不见彼此的脸了，甚至终生也不必见面了，表姐一家就会永远保持着对李曼金夫妇的好印象了。可是不行，李曼金是一分钟也不能再等。

厨房的门大开了，李曼金闪了出来。她脸涨得通红，汗湿的衣服贴在身上。她冷着脸对餐桌上的他们说：我讨厌你们，你们一点儿都不知道吧，我早就讨厌你们！

大家都听见了李曼金的话。

何平独自开车送表姐一家去了火车站。车上少了李曼金，后排座松快多了。

李曼金站在窗前看何平的车跑得没了影子，才坐回到饭桌旁。别人的椅子都已收好，只有表姐的椅子如往常一样仍然跨在桌外。这时候李曼金想，其实椅子跨出来又怎么了，干吗非得把它想成给其他椅子训话的领导不可呢？如此，表姐一家倒显得无辜了。

不过人就是这样，万水千山过也过来了，有时候就是忍不了那最后一下子。可能做不成大事的人更是这样，李曼金想。但究竟什么是人生中的大事呢？李曼金一时是想不清楚了。

阿拉伯树胶

一

暮色苍茫的时候，贾贵庚把手搭上小美的肩膀。

他们并肩坐在县城北侧的黑石头山上，据贾贵庚说，论县城的风景，还要数这儿最美，而且也很清静，少有闲杂人。他们在这儿坐了一个下午，讨论着艺术、哲学和对个人未来的设计。他们讨论得很热烈，很尽情，互相欣赏着彼此的才华，并时不时地停下来，对这县城的闭塞、愚昧发一阵嘲弄。虽然他们都是土生土长的本县人，可他们的心气儿，却不知比这个县要高出多少万倍。那时的小美，二十岁刚出头，是县广播局的临时播音员，相貌俊秀，身材也好。因为小的时候跟着在县文化馆工作的父亲学过几天国画，自觉艺术素养远远深厚于他人，县境内的文化名人，全不在她的视野之内。那时的贾贵庚近三十岁了，是县旅游局的一名美工，负责书写、描绘进山的路标啊、景点示意图什么的——这县有一片原始次生林。一次县里举办美术训练班,贾贵庚和小美都参加了,两个人就在这个班上熟悉起来。

贾贵庚在男人里算是长得不出众的, 他个子在一米五七左右,烟黄脸,肿眼泡儿,头顶上蓬着一堆粗硬而无光泽的乱发,由于吸烟和卫生习惯不好,嘴里的牙齿呈黑黄色。他的装束也不利落,上衣总是过肥过长,下摆每每挡住膝盖,像是以此来有意模糊自己的身体,也使他的个子越发地矮了下去。在结婚的年龄,他遇到了困难,因为以一座县城的标准来衡量,他几乎没有可取之处。他去一些女同事家串门,常常是院还没进,就被院中的狗撵了出来。虽说各家的狗脾气不尽相同,有厉害些的,也有温柔些的,可这些狗对贾贵庚的态度却十分地一致。它们冲他咆哮,冲他龇牙咧嘴,做扑上去撕咬状。逢这时贾贵庚便腿软地往地上一蹲——绝不是假装捡石头让狗感受他的威胁,贾贵庚在这方面的小常识远不如一般人,他腿软地蹲下是向狗讨饶的意思。那时他的表情是受到突然惊吓后的失神,和失神状态下的自卑。小美见过贾贵庚的这种形态——当贾贵庚向她家的狗乞求饶恕的时候。她从屋里跑出来,呵斥着狗,一边把地上的贾贵庚拉起来,请进家门。她觉得她们家的狗和这个县城的人一样,是有眼无珠的。

贾贵庚的才华和趣味,这县里的人又怎能知道?他们也不配知道。比方当这县里的人还不知道什么是油画的时候,贾贵庚就已经知道油画是画在画布上的, 而画布在被画之前还须涂上一层底料。让小美敬佩的是,贾贵庚不仅知道画布要涂底料,还知道底料是用一种树胶熬制而成。并且他竟然还知道那树胶的名称——那不是一般的树胶啊！贾贵庚对本县几个热爱美术的青年说。

那是什么树胶呢？一个叫久成的青年问。这位久成，当时也正迷恋着绘画。

贾贵庚不看久成，单看着小美的眼睛，稍微顿一顿，说，那叫阿拉伯树胶。

阿拉伯树胶。

久成听见了，小美更听见了。如果饮食有口感的优劣，那么语言也分口感的美丑。她喃喃地重复着阿拉伯树胶，只觉得这几个字在嘴里翻卷滚动，吞吐迂回，文明而又遥远，奇妙而又浪漫。因为它出自贾贵庚之口，贾贵庚顿时也变得文明、奇妙了。小美这样的女孩子，原本就认定自己的趣味高出这县城，一旦有了这想法，就容易在行为举止上特意与他人不同。阿拉伯树胶使贾贵庚不洁的牙齿，蓬乱的头发，猥琐的体态都退到了远处。在小美眼里，这不是一个男人的缺陷，反倒是一个天才落拓不羁的表征。她不顾同龄人的白眼，主动接近贾贵庚，并邀他访问她的家庭。一个秋天，县旅游局接待了省里一位来此地写生的著名画家，贾贵庚负责陪同，小美也常伴随前后。贾贵庚借了局里一架照相机，即兴为画家拍照片，后来其中一张还被画家选进自己一本画册里。画家进山写生，贾贵庚就坐在画家身后画，结果他得到了画家的称赞。画家肯定了他的写生和造型能力，甚至还夸奖了几句他对颜色的感觉，鼓励他一定要多画。在画家的鼓励之下，贾贵庚兴奋着胆大起来，与画家高谈阔论，论及他喜欢的和被他藐视不顾的一些中外名家。他在说起某些名家的弱点时，言词尖刻，却能切中要害。比方某某某，他举出一个大名人说：他的画猛一看唬人，细琢磨，到处都是别人的影子或者一些外国人的片断，就是没有他自己。他是在用心画画吗？我看不是，他是在用一些支离破碎的观念画画。贾贵庚还告诉画家，他在一个游客手里见到过一本《霍克尼论摄影》。贾贵庚说霍克尼作为一个画家能对摄影谈出些不俗的想法，就这一点就让他佩服。可惜他不能从游客手里把那本《霍克尼论摄影》借来……画家有点儿惊奇，眼前这位其貌不扬的县城青年实在是有些见解的。他再次鼓励了贾贵庚，再次要他多画，争取能参加省里的画展。贾贵庚激动着觉得自己终于碰见了知音。只是，自从画家走后，贾贵庚就再也没有拿起过画笔。他的那张被画家夸奖过的写生作品，一直挂在旅游局他的单身宿舍里，镜框有点儿歪，使整个房间都显得不稳定，他也不去把它扶正。那张歪在墙上的写生，几乎是贾贵庚绘画天才唯一的物质证明了。

不能说贾贵庚不热爱绘画，他缺乏的是行动上的呼应。他的行动总是在一阵阵激情澎湃的思想之后就停滞下来。比方他反复对小美讲起一张画的构思：深秋的玉米地，地头上堆着刚掰下来的玉米。两个妇女背对着观众，正弯着腰、撅着屁股收玉米，姿态非常忘我。陪衬她们的是充满画面的旗帜一样的金黄色玉米叶……贾贵庚陶醉在自己的构思里，小美也受着这构思的感动。但是三年了不见贾贵庚动笔。据他说，总是有一些事情出现在他的生活中，打断他的行动。比方他抱怨旅游局长分配给他额外的工作：山上的几个新景点要修路，他又不是工程师，局长却要他选出最佳路线，测出这些山路的公里数，数出需要多少级台阶，多少条青石。这一测一数就是大半年。比方这中间他还有过一次不成功的相亲。女方是个颧骨绯红的山里姑娘,牙有点儿龇,但是很健壮。但那个健康的山里姑娘却没有看上贾贵庚。事后他听说,女方嫌他的手小,于是就连他那国家公务员的身份和每月固定的工资也不顾了。贾贵庚并不恨那个女方,他想,他的手比一般男人是小了些。通常他愿意把手袖在偏长的袖筒里,这使他看上去无所事事而又寒冷,即使在夏天。

现在,在暮色苍茫的黑石头山上,贾贵庚几经犹豫之后把一只手搭上小美的肩膀——他那偏小的手。那手不敢在小美的肩上用力,好像那肩膀是个烫手的馒头。那手就那么半是捂、半是盖,有点儿躲闪,又仿佛试探地似扶非搭地搁置在小美肩上,直到小美把一直冲前的脸偏向贾贵庚。这是一个信号了,一个不讨厌落在肩上的手,而且还鼓励他继续做些什么的信号。他立刻感觉到了她脸上的温度和她的呼吸,那呼吸有点儿清苦,像山上一种名叫"黄瓜香"的草的气味儿。这是他们第一次离得这么近,他想她一定也能闻见他嘴里的味儿。他觉得自己身上和嘴里的味儿都是难闻的,他屏住呼吸掉开头去,并且收回了搭在小美肩上的那只手。

也许小美闻见了贾贵庚身上脸上难闻的气味,也许她对他的敬佩足以抵消那些气味对她的搅扰,也许她根本就什么都没有闻见,有些女孩子在有些时刻是能够不顾一切的。但是贾贵庚掉过了脸,缩回了手,并且打岔似的说,你到北京去,学什么都可以,但是切记不要庸俗。像久成,俗,俗不可耐。

小美要去北京发展自己了,这个暮色苍茫的时刻,她坐在黑石头山上是和贾贵庚告别的。当贾贵庚把手从小美肩上缩回来之后,他就花很长时间来奚落那个名叫久成的青年的俗不可耐,好像是久成的俗不可耐打断了小美正在盼望的,他也应该给予的更深的一种情感表示。

二

久成本是这县的一名无业青年,曾经在文化馆的美术短训班学习国画,成绩却一般。后又练习书法,还是不见起色。可是忽然之间久成却在县里出了名,原因是他改了思路,他不再用手画画写字,他改用胳肢窝写字或者画画了。他在家门口支起一张桌子,铺上宣纸,自制了加长的毛笔,用胳肢窝夹住笔,就开始了他崭新的艺术实践。他画豺狼虎豹,写些气壮山河的句子,吸引着路人,也引起县电视台的注意。电视台记者拍摄了一段久成用胳肢窝写字的场面,并即兴采访了他。当问及他为什么要用胳肢窝写字时,这久成不假思索地说是因为双手得了一种奇怪的病呀,突然就拿不起笔呀,本人又是那么热爱艺术,一天不写不画恐怕都会有生命危险。所以他决心用胳肢窝来延续他的艺术实践,在艺术实践中得到生命的延续。然后他又斩钉截铁地表示:假如他的胳肢窝再出了毛病,他还会用他的下半身——比如腿弯处或脚趾缝儿等部位执笔,将他的艺术进行下去。县电视台播出了记者对久成的采访,又引来了市电视台。原来市电视台要搞一台综艺晚会,久成的胳肢窝写字恰好可以算作其中一个节目。久成被请到市电视台演播厅去搞表演,回到县里就出了大名。他不在家门口支桌子了,到街面上租了间房,挂了个牌子,上写:久成书法绘画艺术研究院。他卖字卖画,有时还被县政府的领导召去见客。上边来了什么要紧的人,酒足饭饱之后,县长会说,我们这里有个奇人,一会儿叫他来当场献艺。

当贾贵庚还在通往旅游景点的山路上数石头的时候,久成早就被这县的人公认为名画家了。趁热打铁,久成很快又开了个饭馆,来吃饭的人,都能免费得到一张主人以胳肢窝执笔的签名。开业时久成请了很多本县的头面人物,念及曾在一起上过美术短训班,他也请了小美和贾贵庚。他站在门口亲自迎接,和每个人握手——他的手——那据说是再也拿不起笔的充满悲壮意味的手,说康复就又康复了。那一刻小美和贾贵庚望着春风得意的久成,他们可能受到了某种刺激。他们对久成身上这种堕落的小聪明很是不屑,但他们却从这种堕落里看见了自己的没有长进。小美决定离开这恶俗的环境去北京闯一闯,她在北京有个表姐。贾贵庚呢,他的艺术理想他的奋斗目标在这一刻被重新激发出来,他想起省里那位画家,也想起小美对他的多次鼓动,觉得自己再也不能这样混下去了。旅游局美工这个位置从来就不是他的生活理想,他的理想绝不在这座县城里。他给画家写了一封激情澎湃的信,请求到他身边去,到一个真正的艺术环境里去习画。不久他接到回信,画家告诉他,重要的是要多画,不动笔在哪里也是意义不大的。何况你是个有单位的人,更须冷静思考,不能扔下工作就走。贾贵庚读了回信,反而更不冷静了,他给局里写了停薪留职报告,背上行囊,直奔省城而去。

贾贵庚在省城住了五年。最初画家收留了他,让他住在正在装修的画室里。那是一套四居室的单元改造的画室,贾贵庚到来的时候,改造工程刚开始。贾贵庚主动承担了主持工程的任务。所谓主持，就是每天盯一盯装修工人，看看他们有什么零碎需要，缺几号的钉子啦，或者一桶白乳胶什么的，他代替工人给他们买回来。四间居室中有一间无需装修，那是画家的资料库，里边有很多画家收藏的画册，贾贵庚就住这个房间。他很兴奋，因为他立即从诸多画册里发现了一本《霍克尼论摄影》。自此，他便常常手拿这本《霍克尼论摄影》和装修工人聊天。即便不能时时拿在手中，他也要将它摆在众人看得见的地方。他把书往木工案子上一拍，也不管这举动是不是正妨碍着工人的劳作，就追问他们知道不知道这个外国人。工人们自然是不知道，而且也不打算知道。在电锯声、斧凿声和水泥、墙砖混杂在一起的这种室内工地上，贾贵庚的这种做派显得无力而又可笑，只有一种说法能够解释他这行为：他是想告诉他们，虽然目前我们同居一室，可我和你们是不一样的，我的精神是与这样的艺术为伍的。但是工人们却并没有因此就高看贾贵庚，特别当他要求和他们搭伙吃饭的时候。

对于贾贵庚的吃饭和生活费，画家有过明确交代，他让保姆把米、面、鸡蛋、食用油什么的给贾贵庚送来，另外每月付给他五百块钱，直到装修结束，算是画家对他在这儿“主持”工程的感谢。画家想得周到而实际，贾贵庚却涨红了脸觉得难以接受，他想这样一来自己算什么人呢？画家给了自己这么好的吃住条件，帮画家几个月的小忙还要什么生活费？他坚决不要。画家说，你是需要钱的，在城市里钱就显得更要紧。你画画，总要买颜料、画笔吧，你还吸烟。贾贵庚心虚着却豪迈着语气说：让我家里寄，我妹妹支持我。画家深明就里地笑笑，还是把钱给了贾贵庚。贾贵庚有了生活费，如果每天再用画家提供的米面做饭，就连伙食费也省了。但是前边说过，他是一个懒得动手的人，对钱也并不贪婪。他宁肯顿顿出去吃小馆，把钱都花在吃上。在他睡觉的房间里，米面口袋、篮子里的鸡蛋蒙着厚厚一层锯末和水泥相混杂的粉尘，他看也不看。倒是一个木工看了说，可惜了，这么好的粮食。贾贵庚说，那我就送给你们。工人们每天是要在这画室里烹饪三餐的，他们干活儿辛苦，装修中的房间又十分脏乱，可他们的烹饪却不马虎，营养、热量搭配得当，哪天烧鱼、哪天炖肉，谁负责采买、谁负责掌勺都有明确分工。贾贵庚奉献了粮食和鸡蛋，就理直气壮地入了工人的伙食。内心里他是有点儿羡慕他们的，他们是一些有手艺的人，做事一板一眼，明明白白。当他用自己那偏小的手，端起工人在工余时间烧好的饭菜时，或者他也有过瞬间的自惭形秽吧，目前他最不缺少的就是时间，却连给自己做一顿饭的决心都下不了。他的目标在哪里呢？他是来省城学习艺术的，可是他却成了一个闲待着专等着吃装修工人的蹭饭的人。他有很多机会临摹画家的作品，跟随画家去画模特儿，但不知为什么他从来也没有动过笔，仿佛总有一个更朦胧、更高远的目标打断着他的动笔，结果是那高远的目标便更加虚无缥缈起来。

三

后来，画室的改造工程结束了，画家又把贾贵庚介绍给一家出版社。因为读了《霍克尼论摄影》，贾贵庚声称自己对摄影情有独钟。他到了这家出版社，暂时算是画册编辑室的临时工。几年之间他就睡在办公室，他对睡觉的环境是很能将就的。他的待人厚道还使他交了几个朋友。他挣的钱是有限的，却动不动就请人吃饭，时间久了，一些朋友的朋友从外地来省城，也找贾贵庚借宿，和他挤在一间办公室。有时候他随编辑出差，有时候他也被派出去做些无关紧要的零活儿。某县要印一本宣传本县的图文并茂的旅游手册，出版社承揽了这活儿，贾贵庚负责去拍图片，穿上摄影记者常穿的那种胸前背后缝着无数个口袋的大背心。他的任务是拍摄几个景点和几款当地土特产，一种宫廷肘子啦，一种百年烧鸡啦……就为拍摄这一盘肘子几只烧鸡，贾贵庚白吃白住在那个某县的旅游局，竟拍了两个多月。对方一催，他就说慢工出细活儿。这两个多月，他在局招待所住着单间，一日三餐有旅游局的人陪着，被尊称为贾记者。他从来没有体验过这样的日子，他的艺术狂想不断在这奢侈的单间里爆发，他那丝毫不逊色于艺术狂想的惰性也更强烈地在这奢侈的单间里蔓延。他经常昏睡不起，早饭要到上午十点才吃。他很想有人分享他这自由而又体面的日子，他开通了房间的长途电话，和北京的小美做了联系。小美还在一个周末，乘高速公路大巴到那个某县看望了一次贾贵庚。

这时的小美已经结婚，她在北京的几年，一直帮表姐经营一间美术用品商店。在这间商店里，小美认识了许多绘画所用的材料，她熟知各种油画画布的底料，她还知道，画家买回阿拉伯树胶自己熬制底料，那是二十世纪中期的事情了。现在的画布底料都是现成的，也还有更多的画布，出售时就是涂以底料制作好了的。她有点儿不忍把这些告诉贾贵庚，她也没有因此就不再看重贾贵庚。她珍视的当然也不再是阿拉伯树胶,她珍视的是当年他们对文明和浪漫那种纯真的向往。又因为现实的小美是现实的,当年坐在家乡黑石头山上那份带点儿傻气的浪漫就更像是她的一个久远的收藏了。北京的这间美术用品商店没有让小美忘乎所以地认为自己已经浸润在艺术之中,相反她在这里发现了自己和艺术遥远的距离。她客观地想,从前她其实是有些不知天高地厚的。她自尊而又明智地接受了隔壁画框商店那个制作画框的青年的追求, 两人结婚后小美离开表姐,靠了那青年的技术和维持住的老顾客, 他们自己开了间画框店,直接从韩国进料,价位却低于同类店,信誉也好。他们的日子并不富裕,却是平和。

平和的小美和贾贵庚一直通着信息,她以为他真的调到了省级出版社,她以为他的才华和趣味终于被省城所接受。她像个可靠的老朋友那样接受了贾贵庚的邀请,她对他一直存有一种秘密的感激之情:多年以前在黑石头山上她向他告别的时候,如果不是贾贵庚的正派,借着当时的冲动,她差点儿就"一失足成千古恨"了。有了些人生经验的小美知道,这样正派的男人已经不多了。她顺利到达那个某县,受到贾贵庚的诚挚欢迎。招待所的单间,贾贵庚身上的大背心,摊在桌面的相机、胶卷、反转片等等,都说明着贾贵庚的现状是不错的。吃中饭时,他还闪烁其词地告诉小美,他本来是被调去画院做专业画家的, 但听说那里的画家每年都要配合任务突击作品,妇女节、儿童节、劳动节、国庆节……都要拿画献礼,他便很厌烦,这不符合他的艺术追求。他高声对小美说着,大口吸着烟,一边噗噗地吐着鸡骨头——这县的被他拍摄过的著名烧鸡的骨头。饭后回到房间，小美要求看看他拍的反转片，他把小美引向窗户，让小美就着阳光看胶片。小美看见了好多只烧鸡和肘子。在观察了小美略感失望的神情后，贾贵庚解释说烧鸡和肘子不过是捎带脚儿的事，对这里的风景他有很多出其不意的构想，只是真的拍摄还需要时间。是的，时间，这是贾贵庚最乐意强调的一个词。

时间不早了，小美该走了，临别前她送给贾贵庚一只休闲手表，阿迪达斯的。她说这表算不上太高级，但适合在户外，也更适合贾贵庚的此时此刻吧。她要贾贵庚伸出胳膊，她亲自把表戴在他的手腕上。她还说卖美术用品那时候，看着来来往往那些买东西的画界的人，有时候她会幻想贾贵庚推门进来。她还知心地说，画框生意的水分是很大的，如果他有作品要配画框，她和丈夫俩人会一块儿替他参谋……小美的话几乎让贾贵庚掉下泪来。当小美坐最后一班长途大巴离开之后，好一阵他陷入了真实的自我谴责之中。贾贵庚并不缺乏反省自我的能力，他想他是在什么时刻染上了这样的虚荣心呢？在小美面前难道他不是像个骗子吗？可是他又有什么恶劣的目的呢？他骗她，只是不愿意让她对他失望罢了。建立在这层意义上的欺骗，又何尝不是一种善意啊！在长时间自我谴责和自我辩解的混乱思维中，贾贵庚又昏睡了过去。第二天，他仍在上午十点以后才吃早饭。

后来，那个县的旅游局大概实在受不了贾贵庚这个“慢工”，气愤地向出版社做了反映，出版社召回了贾贵庚，并且，他们终于把辞退他的事情提了出来。贾贵庚好像不能在省城待下去了，也许他应该回到他自己的县，自己县里的那个旅游局了。但是小小的县旅游局也在改革，通过竞争上岗，美工的位置已有他人。局里为此早就开过会，按政策，贾贵庚实在算是一个自动离职的人了。而这时，贾贵庚的妹妹——那曾经在经济上接济过他的妹妹，因为自己的孩子要上私立中学，也就不再接济贾贵庚了。贾贵庚去找画家拿主意，画家看着无地自容的贾贵庚说，他最稳妥的去处可能还是回到县里。

四

贾贵庚坐在久成饭馆的包间里喝酒，这是他回到县里的第二天。五年多来，久成的饭馆生意一直不错，新近还把一层楼接成了两层。听说贾贵庚从省里回来了，久成特意请贾贵庚吃饭。这其中有一点儿炫耀的成分，更多的还是对老熟人的旧情谊。一座县城就这么小，多年不见，就是仇人，也自会生出几分小地方独有的亲热劲儿呢！久成固然有着被贾贵庚称之为堕落的聪明，可他待人却并不刻薄。贾贵庚本来觉得自己无颜吃请的，他现在真正是四边不靠，什么也不是啊。而且连从前那间旅游局的单身宿舍也没保住，他只能先在妹妹家暂时借住。但是，如若他拒绝久成，会不会让对方生疑呢？好像他不是荣归故里，他没有什么新鲜货色来向这座县城炫耀。那么，他还是应该来久成这里吃饭。

贾贵庚戴上小美赠送的阿迪达斯表，穿上出版社辞退他时赠送的摄影大背心，走进饭馆的包间，刚一落座就说，现在我一看见满桌子的菜我就头疼，在省里是天天吃天天吃，一万块钱一桌的席我都吃得不再吃了。久成你这儿有清淡点儿的没有？久成观察着贾贵庚的气势，忙说有啊，凉拌生茼蒿，我给你上一盘。凉拌生茼蒿上来了，久成又叫来两个女服务员专门伺候贾贵庚。久已不近女色的贾贵庚便怀着茫然的兴奋与她们高谈阔论。他觉得他还是要从艺术切入话题，这方面是他的强项。他说你们知道什么叫油画吗？知道油画是画在什么上边吗？知道画油画的布上得涂一层胶吗？知道那胶叫作什么胶吗？

女服务员只是哧哧地笑。客人里，干部、商人她们都熟，就是没见过贾贵庚这样的人。她们听不懂他的话，对他那些话也不感兴趣。画布上涂胶和她们有什么关系？至于那胶叫什么名称，难道她们会费心思去猜吗？除非吃饱了撑的。见女服务员不搭腔，贾贵庚终于按捺不住地喊了阿拉伯树胶，"阿拉伯树胶"啊——就像许多年前他告诉小美和久成的。只是，由于眼前的两位女听众是如此漠然，贾贵庚这一声"阿拉伯树胶"，这一声本是文明的告诉就显得孤独而又落伍。如若这时贾贵庚换一种说法，比方他拿起饭桌上随意扔着的口香糖，对她们说：你们知道口香糖的主要成分是什么吗？是阿拉伯树胶啊！如若这样，也许他还会引起这两个女孩子的注意——口香糖谁没嚼过呀！不错，在中国，嚼口香糖的人已经为数不少，但知道口香糖的主要成分是阿拉伯树胶的人，肯定为数不多。遗憾的是贾贵庚对阿拉伯树胶的知道仅限于油画画布的底料，所以他的存在仍然不能吸引两个县城饭馆的女服务员。他有些不甘，又追问女服务员是不是知道阿拉伯国家。地球上的热点呀！伊拉克你们总该知道吧……伊拉克，女服务员倒是知道，正和美国打仗，电视每天都在播，再不知道也知道了。但是这一切和贾贵庚有什么关系呢？他既不是刚从巴格达回来,又不是真正关心这场战争。他关心的是……是啊,他到底关心什么呢? 这心里的疑问突然出现,可说是吓了他一跳。但他似乎还不具备承担这疑问的真正勇气,于是他话锋一转,大谈所谓在省里他画过不知多少女模特儿,大多是裸体,贵得很,按小时收费的。这话题倒是引起了女服务员的兴趣,一直出来进去兼顾其他客人的久成也坐了下来,重新打量起眼前的贾贵庚,仿佛在说,就你,当真雇得起她们? 就为了久成的眼光吧,贾贵庚突然捋起袖子,向众人亮出了腕上那只阿迪达斯休闲表说,看见这表了吗?一个模特儿送的。白让我画,还送我表。这说明什么? 说明层次的不同。人家看重的是艺术,是从事艺术的画家本身! 说着摘下手表往桌上一拍道:不过我还真戴不惯这表,表带这种新材料我受不了,受不了啊!皮肤过敏。然后他又拍了一下那躺在桌上的表,仿佛那是他的一个负担,为了成全模特儿情义而不得不承担的一个负担。面对如此确凿的一块手表,久成还有什么可说的?没有。包间里的诸位立刻对贾贵庚深信不疑。这真是一座县城的浅薄,却也真是它的可爱。久成更加殷勤地劝酒劝菜,特别把生拌茼蒿往贾贵庚眼前推。贾贵庚夹了一大口茼蒿嚼着,这时他暗想,他更加需要的也许应该是肉类,自从离开那个拍摄烧鸡的某县后,他的伙食是十分凑合的。可是他却不能在久成这样庸俗的人面前流露他的欲望和他的营养不良。他大口嚼着茼蒿, 这时只见门外进来一个服务员对久成说县长来了,进了隔壁包间。久成立刻站起来快步奔了出去,两个女服务员也跟着走了。

　　这里就剩下贾贵庚一个人了,他手中的筷子可以直奔桌上的肉类而去。可是，本该能够从容吃喝的他，却放下筷子侧耳细听起来，因为隔壁的事让他忽然意识到县长对于一座县城的意义。他侧耳细听着，隔壁响起隐约的寒暄声，久成的声音很突出，和县长挺熟的样子。贾贵庚想到了自己。县旅游局已经把他除名，可他突然发现他实在是需要一个单位的，哪怕局长天天派他去山上数石头。在这时他还无比清晰地想起，当年那供游人登踩的几百磴青石台阶凝聚着他的多少汗水啊！为此他是受到过局里表扬的。那么现在，谁能帮他重新回到旅游局呢？无疑是县长这样的人。是的，县长。从前他不把他们放在眼里，如今，如今他倾听片刻又思忖片刻，忽又气馁下来。他自己跟自己怄气似的仍然打算不把他们放在眼里。于是他立刻觉得他这种侧耳细听本身就是一种不高级的行为。他吞了一大口久成的白酒，猛嚼几大口久成的酱牛肉，心里诅咒着久成这种人的庸俗和卑贱，痛下着东山再起的决心——仿佛他曾经有过高耸的“东山”。借着酒的兴奋，他给自己设计了数种奋斗方案，并打算立即行动。如果不是等着和久成告个别，他以为他早就拔脚跑出了这个包间。

以为毕竟是以为。到底，贾贵庚没有跑出去，他醉倒在酒桌上，直到第二天上午十点。我们已经知道，上午十点醒来，这是多年来贾贵庚唯一实施着并坚持住的最有把握的事情了。只是今天的贾贵庚不想睁眼，他知道自己正躺在包间的沙发上，他知道他醉得并不厉害，他知道他不能老是躺在别人的饭馆里，他知道他实在应该把眼睁开了。

可是他睁开眼又能到哪里去呢？

那么，把眼睁开还是继续装睡，这对贾贵庚来说的确是个问题了。

咳嗽天鹅

天越来越冷了。早上，刘富鞴在被窝里拿被头围住下巴，一边不愿意起床，一边又想着，今天无论如何得看准机会再给省城的动物园去个电话。天真是越来越冷了，院子里那只天鹅，说什么也要给动物园送去。

刘富在镇上给镇长开车。这镇是个山区穷镇，镇长的车是辆二手“奇瑞”。车到刘富手里时，已经跑了快三十万公里了，可刘富照样把它拾掇得挺干净。前一位司机在车门上拴了根聚乙烯绳子，绳子上搭着擦汗的毛巾。刘富看着很不顺眼：这可是轿车啊！轿车又不是工棚，哪有随便往轿车上拴绳子的！刘富一边在心里强调着“轿车”，一边扯掉绳子，把毛巾扔到远处——他嫌那毛巾的气味不好。

刘富爱干净，像是天生的。小时候，他最怕阴天下雨。那时他站在屋门口，眼看着雨水和着院子里的鸡屎、猪粪、柴草、树叶，把院子下成个脏污的大泥坑。他不肯向这泥坑下脚，为此甚至不打算去上学。有一次他还气愤地大哭起来，让家人以为他突然受了什么惊吓。后来他长大了，离开他的村子去省城当兵，在部队学会开车，并被选中给省军区一个副政委当驾驶员。虽然刘富最终还是回到家乡的镇上,但他毕竟去外边开过眼界。他变得更爱干净,并且滋长着一点儿从前并不明显的小傲气。比如他经常对香改说:“就你,要不是为了让我妈高兴,打死我也不会娶了你。”

香改是刘富的老婆,人长得好看,却生性邋遢,手脚都懒。结婚之后,刘富从来没在自家的大衣柜里找到过要找的衣服。那衣柜永远是拥挤混乱的,要么是某只袜子挤住合页使柜门怎么也关不住;或者一拉开柜门,里边的衣物犹如洪水猛兽奔涌而出,劈头盖脸倾泻在刘富身上。这很让刘富受不了,就为了这个,他和香改闹起离婚。女儿没出生时就闹,生了女儿还闹,最近三年又一直闹。香改终于抵抗不住刘富的坚决,好比刘富爱干净一样,香改爱邋遢,也像是天生改不了的。所以有一天她说:“离就离,缺了鸡蛋还不做槽子糕了!”意思是,没了你我也能活命——说不定活得更好。刘富说,话已出口可不能翻悔。香改说,知道你还惦着人家副政委的闺女呢!刘富说,哼,司令的闺女都不在我的考虑之内!香改说,这家真是盛不下你了!话没说完突然大声咳嗽起来,从此这咳嗽没有一天断过。香改的咳嗽咳得刘富脑仁儿疼,当他脑仁儿疼的时候他甚至看见了脑仁儿的样子,就跟核桃仁儿差不离吧——这附近的山里出产核桃。香改咳嗽着索性躺倒在床上什么也不干了,包括不再给刘富做早饭。

现在,刘富钻出被窝洗漱完毕,空着肚子来到院里,西屋响起香改的咳嗽声。一明两暗的三间房,刘富住东屋,香改和女儿住西屋。刘富朝东窗根望望,那儿有个半人高的临时小窝棚,是刘富给天鹅搭的。那只天鹅,刘富一睁开眼就想起的天鹅,在这时好似响应着香改的咳嗽一样，从窝棚里伸出雪白的长颈也“咳、咳、咳”地高声叫起来，又仿佛是同它的临时主人刘富打着招呼。每逢这时刘富就想：怨不得这天鹅名叫咳嗽天鹅呢！一叫还真像咳嗽一样，可真不怎么好听。

这只天鹅是镇长送给刘富的。两个月前刘富和镇长去了一趟内蒙古的蓝旗看亲戚，临走时镇长的亲戚用个竹筐把天鹅装上，塞进“奇瑞”的后备厢，对镇长说，每年秋天都有天鹅群经过他们村边的大洼飞往南方过冬。那天他去大洼里拾野鸭蛋，发现了芦苇丛里这只天鹅：耷拉着脖子，毛奓着，一看就是只病鹅。亲戚说他知道天鹅是珍贵动物，就把它弄回家想先给它治治病。可它不吃不喝一个劲儿拉稀，村中兽医也不知怎么对付天鹅。有村人说，眼见着活不了几天了，等它死不如杀了吃肉。亲戚说他下不去手啊，正好你们来了，就给你们捎上，我也就眼不见心不烦了。

天鹅随镇长离开蓝旗，乘坐“奇瑞”奔跑八十公里来到镇长的镇上。刘富把车在镇长家门口停稳，下车打开后备厢，掏出装着天鹅的竹筐就往镇长院里走。镇长却用身子挡住院门说别别别，这天鹅就归你刘富了。刘富说这么贵重的东西我不能要。镇长说你看我忙成这样哪有工夫管天鹅呢！刘富说人家不是叫你杀了吃呀！镇长说，你听说过那句老话吧：癞蛤蟆想吃天鹅肉——妄想。咱们是俗人，不敢乱吃。我要是吃了它，不是找着当癞蛤蟆啊！

镇长把话讲到这个份儿上，那不由分说的口气，和他那位蓝旗的亲戚不相上下。刘富便不敢不接下这天鹅。他拉着天鹅往家走，心里有几分恼火。平白无故的，怎么就非得他来管这只天鹅呢？因为从小讲究干净，刘富连家里养的猪、羊、鸡、狗都不靠近，现在带只病鹅回家，可真不是像歌里唱的“出于爱心”，无可奈何罢了。他打算过几天怎么也得把它给出去。

天鹅来到刘富的家，刘富的女儿热烈欢迎。女儿正念初中，立刻上网查了天鹅的资料，对照着家中这只活生生的鹅，她得出结论，它的学名应该是大天鹅，也叫黄嘴天鹅、咳声天鹅，属鸟纲，鸭科。全身羽毛雪白，身体丰满，嘴基部是黄色，且延伸到鼻孔以下，嘴端和脚呈黑色，腿短，脚上有蹼。主要生活在多芦苇的湖泊、水库、池塘中。全球易危物种，国家二级保护动物。女儿把这些信息告诉刘富，刘富听得清楚明白，尤其记住了“咳声天鹅”四个字，只是把“咳声天鹅”听成了“咳嗽天鹅”，从此没改口。

天鹅来到刘富的家，虽然还是无精打采，不吃不喝的，却一时没有被刘富“给”出去。刘富虽然对它很不耐烦，但还是和女儿研究起怎么给它治病。网上显示的资料说天鹅容易患肠胃炎，刘富蹲在院子里观察天鹅，猜这天鹅说不定得的是肠胃炎。刘富自己就常闹这病，司机的生活不规律，大多都有这病。刘富大胆给鹅用药，氟哌酸加黄连素，只两天，这只天鹅竟然好了起来，也吃也喝了，那咳嗽一般的叫声也亮堂了。天鹅该吃什么也是女儿从网上查得，它爱吃水生植物的根、茎、叶和软体动物，昆虫、蚯蚓什么的。这使刘富想起镇长那位内蒙古蓝旗的亲戚，天鹅就是病在那儿的芦苇丛里。可惜刘富这山里小镇缺的是水，和水有关的植物、动物实在有限，蔬菜也卖得很贵。头两天女儿只喂了它剁碎的白菜帮子，觉得没营养，就又上网查。这次查到了省城的动物园，动物园里有个天鹅馆，天鹅馆里的天鹅吃油菜、白菜、胡萝卜、鸡蛋、蚯蚓，还有掺了维生素的玉米粉什么的。刘富对女儿感叹说，这比人吃得也不差呀，就说鸡蛋吧，你爸也不是天天吃呢。

刘富不是不爱吃鸡蛋，他对饮食的安排自有一套算计。给镇长当司机就免不了随镇长出去吃喝，地方越穷，吃喝风越盛。刘富在家粗茶淡饭，好吃的都留给女儿，再馋也硬扛着。攒足了劲儿，在外边吃喝时便不遗余力，每回都把自己撑个半死。香改和女儿都知道刘富的算计，香改的炊事本领本来不强，更乐得省心省力。特别当她明确同意离婚以后，常回娘家去住，干脆就不给他做饭。香改的娘家也在镇上，女儿放了学就去姥姥家吃饭。现在一只天鹅就得每天吃家里一个鸡蛋，刘富很心疼。可他又知道，女儿要什么是不管他心疼不心疼的。再说，这天鹅在家里养了些日子，还显出和刘富挺亲，每天早晨刘富一出屋门，它准在东窗根的窝棚里"咳、咳、咳"地大叫几声，问好似的。常常在这时，西屋的香改也会咳嗽起来，好似迫不及待和天鹅比着赛。刘富不为天鹅的"问候"所动，他只觉得自己倒霉，稀里糊涂家里就添了女人的咳嗽和咳嗽的天鹅。

转眼间，天鹅来到刘富的家已经两个多月。一天早晨，刘富在院子里迎接了天鹅的问候之后，就见它步履踉跄地从窝棚里钻出来，站也站不好，走又不敢走似的。刘富蹲在地上仔细观察，立刻发现了问题：这天鹅的脚蹼已经干裂。刘富的脚就在这时也突然不自在起来，脚趾缝之间像有利刃在切割，凉飕飕地刺痛。女儿放学回来，刘富催她赶快上网再查。原来天鹅只能旱养两三个月，离开水过久脚蹼就会皴裂。刘富这才用心想想"候鸟"这个词。天鹅是候鸟，刘富的小镇既寒冷又没水，能管天鹅一时，却管不了它的一世。

哪里能管它的一世呢？刘富问女儿。女儿想了想说：动物园。

省城动物园有个天鹅馆，专门养天鹅的。刘富见过网上的图片，天鹅在馆中的水池里嬉戏。女儿在网上查到了天鹅馆的电话，写下来交给刘富说，可以给他们打电话，就说我们有一只天鹅要送给他们。

刘富接过电话号码，心想这网啊真是个好东西，天下没它不知道的事。又觉得女儿也挺不简单，小小的人儿，已经能指挥老子了。

刘富没有在家里给动物园打电话，他也不用自己的手机联络这样的事——不划算。他到镇政府办公室用公家的电话和省城联系，有点儿偷偷摸摸，可也无伤大雅。刘富每次用公家电话时都在心里鼓舞着自己说，谁也不能说我这就是私事。从根儿上说，这天鹅的事本来是镇长的事。刘富一连打了很多天电话，终于有一次打通了省城动物园的天鹅馆，接电话的是位男同志。刘富问他贵姓，对方说免贵姓景。刘富说景馆长好。对方说我们这儿不叫馆长叫班长，刘富说景班长好，然后就说了要送天鹅的事。景班长说对不起我们不直接从私人手里收养天鹅。刘富说可是它的脚蹼都裂了呀，我们这地方又没水，看着怪可怜的。景班长说我告诉你个号码，你给野生动物保护协会打电话，我们只接收他们批准派送的动物。

刘富就给野生动物保护协会打电话。几天之间打了五次，到第六次通了。刘富说了自己的意思，对方问了刘富的姓名、年龄、职业、住址，又问天鹅的来历、外貌、年龄。刘富一一作答，唯一答不上来的是这天鹅的岁数。最后对方说考虑考虑再决定给他开介绍信。

过了一个礼拜，眼看着腊月近了，野生动物保护协会还没消息。刘富就又去办公室打电话，问对方是不是批准他往动物园送天鹅。对方说我们没见这只天鹅，不好下结论是不是能送给动物园。刘富说那你们可以来看看。对方说你那个镇离省城二百多公里，我们为了看一只天鹅得花多少行政成本啊！刘富有点儿不悦，说，你们这个协会不就是保护野生动物的吗？不在这上花成本你们还干什么呀！对方听不得这个，啪地挂断了电话。刘富听着电话里的忙音，觉出自己的话太硬，弄得事没办成还伤了和气，这电话怎么说也还得打。

就又打。再打电话刘富低声下气的，说了很多他们这里养天鹅的难处。又经过十多天四五个回合，对方不再坚持要求目睹天鹅，终于答应刘富，批准他把天鹅送往省城动物园，并说念刘富这样执着，介绍信也免开了，他们会直接通知那位景班长，他们和动物园有业务关系。

于是，这个寒冷的早晨，香改和天鹅一块儿咳嗽起来的早晨，刘富赶紧又去镇政府办公室给天鹅馆的景班长打了电话。景班长在电话里说，他已经接到野生动物保护协会的电话。还说我算服了你了，为这么一只天鹅，你看你打了多少电话啊！什么时候把天鹅送来，我请你喝酒。

刘富终于等到了去省城的机会——司机是不乏这类机会的。镇长一个在省城的亲戚生病住院，想吃这里的特产——土鸡和紫心地瓜。镇长就派刘富开车把地瓜和土鸡送往省城。

晚上，刘富对女儿说了动物园要收下天鹅的事，女儿说，明天早晨我要再喂它一个鸡蛋。然后，刘富又把香改叫到东屋说，明天你也跟我去趟省城。你那咳嗽从来也没好好治过,离婚之前,我得给你把咳嗽治好。香改不吭声,不吭声就是同意。兴许住娘家让她住出了甜头——娘家人不挑剔她邋遢,一回娘家她就浑身自在,离婚这事,也就越发显出不那么可怕了。

第二天天刚亮,刘富就把"奇瑞"擦洗得锃光瓦亮。他把天鹅装进当初那个竹筐,让天鹅和香改都坐在后排座上,他带着天鹅和香改趁着早起开赴省城。

中午之前他们就顺利到了省城,先去医院把该送的东西送到,接着他们直奔动物园。途中他们路过了省军区大门口,刘富当兵时住过的地方。刘富看见了那大门,他猜后排的香改也看见了。他想起香改讥讽他惦记副政委的女儿,那真是香改说颠倒了啊。当年是副政委的女儿看上了刘富,有一次非要把他放在车上的衬衫拿回家洗,刘富不让,那女儿便大发脾气,跑进厨房一口气摔了四个盘子。后来刘富就复员了。现在一切都过去了,刘富并不懂得什么叫伤感,他不满意眼下自己的日子,但也从来没有想念过那位副政委的女儿。

刘富把车在动物园停车场停好,搬下装着天鹅的竹筐,对车上的香改说,你就坐在车上等我,一会儿我就出来。

这是一个晴天,风硬,太阳却很明亮。刘富带着天鹅来到动物园门口,对检票员说了要送天鹅,让他给景班长打电话。检票员和天鹅馆通了电话之后,放刘富进园,并指给他天鹅馆的方向。园内游人不多,刘富很快就找到了天鹅馆:敢情有这么一大片水啊,三十来亩吧。那馆就在水的中央,孤岛似的。现在水面结了冰,一只天鹅也没有，想必都在那馆中的水池里。在天鹅馆通往岸边的弯弯曲曲的小桥上，一个五十多岁的黑脸汉子迎着刘富走过来，这当是景班长了。他一边对刘富道着“辛苦辛苦”，一边打量着他怀里的竹筐说，不错，是大天鹅，你在电话里总叫它咳嗽天鹅。

刘富随景班长进了天鹅馆，馆中的水池里，果然有一对对的天鹅在游动。刘富把竹筐放在地上说，看它这脚蹼裂的，快让它进水里泡泡吧。景班长说不忙，我们的人先要给它做体检，这是规定。说话间两个穿灰大褂的工作人员就领走了刘富的天鹅。

景班长在池边热情地为刘富讲解。他指着池中的天鹅告诉刘富，这一对叫疣鼻天鹅，在天鹅里算性情厉害的，叫声嘶哑；那一对红额头的黑天鹅叫澳洲黑，贵得很，万数块钱一只。还有那一对就不用我说了，和你送来的一样，大天鹅。我们这儿最多的就是大天鹅……刘富有一搭无一搭地听着，老实说他对各种天鹅并不感兴趣，置身天鹅馆他只有一个很具体的愿望，他想亲眼看见他的那只裂了脚蹼的咳嗽天鹅下水入了池中天鹅的群，他也就算对得起它了，他也就算了却一桩麻烦事。在池边溜达了一会儿，景班长引刘富出了天鹅馆，领他进了旁边一间小屋，说这是他们的值班室。值班室不大，一张旧方桌四周，散放着几把木椅。景班长指了把椅子请刘富坐下，又给他倒了一杯白开水，说快中午了，一会儿就在这儿吃了饭再走，这大冷的天……刘富这才觉出饿来，却还是虚着推让了一下。景班长叫刘富不要客气，说饭就在这个值班室吃，说他在这儿吃了三十多年中午饭了。又不摆席，就是馒头粉条菜。刘富便也不再推辞。他端起那杯白开水，本能地观察着水杯的卫生程度。他发现这杯子油渍麻花的，就不再想喝。怕景班长看出他的嫌弃，又赶紧找个话题。他看见屋角堆着几只敞口的麻袋，里边是些黄豆大的褐色颗粒，他问景班长那是不是喂天鹅的料。景班长说是，说现在方便多了，都是这种加工好的成品饲料，里边各种营养成分按比例搭配，既科学又省事。不像三十多年前，他十七八岁的时候，刚接替父亲到动物园上班，进天鹅馆喂天鹅，每天都得去饲养室领窝头，一个窝头就有海碗大，回来要切成小丁，一天得切一百二十多斤，切得他手腕子发抖啊。刘富就说，真是干什么也不容易，看不出喂天鹅也是个力气活儿呢。

两人说着话，有管理员已经在桌上摆出两副碗筷，两只青花瓷酒杯，一瓶"小二"——二两装二锅头，一碟花生米。景班长给刘富和自己斟上酒，刘富说这酒就不喝了，他开着车呢。景班长说，两个人喝一瓶"小二"还能叫人开不成车？说完硬把酒杯塞进刘富手里。两个人真喝了起来。

一会儿粉条菜端上来了。

一会儿管理员叫景班长出去了。

一会儿景班长回来了。

一会儿一只热气腾腾的黑铁锅端了上来，锅里炖着灰褐色的大块的肉。景班长举起筷子冲着铁锅对刘富说，来，尝尝。

刘富说，这是鸡呀？景班长说是鹅，你送来的那只天鹅。

刘富放下筷子，似懂未懂的样子。

景班长只好给他解释说，动物园医生已经为这只天鹅做了体检，结果是它太老了，足有二十五岁了，体内脏器严重老化，基本不再有存活的意义。

刘富说,多老算是老啊?

景班长说,天鹅寿命在二十五岁左右,你说它老不老。

刘富说,可它正活着哪!

景班长说，我们养这么一只老天鹅所要花费的成本你想过没有?

刘富不记得自己是怎么离开天鹅馆的,只记得他摔了眼前一个酒杯。当他出了动物园,开了“奇瑞”的车门把车发动着之后,才觉出自己的脚趾缝一阵阵钝痛,像被长了锈的锯子在割锯。他把头伏在方向盘上闭住眼,眼前立刻是黑铁锅里被肢解了的白天鹅。刘富的整个脑袋顿时轰鸣起来。他没有想到,这只麻烦了他几个月的天鹅,竟会让他的心有那么大的说不出的难受。该怨谁呢,他想不清楚。回到家又怎么向女儿交代呢,他更想不清楚。这时从车厢后排座上传出一阵“咳、咳、咳”的咳嗽声,刘富心里一惊:这不是我那咳嗽天鹅吗?难道它没有被送进黑锅它也没有那么衰老,刚才的一切只不过是我做的一个乱梦?他惊着自己,从方向盘上抬起脸,却僵直着脖子不敢回头,生怕一回头那咳嗽声便永远消失。但咳嗽声没有消失,只是由“咳、咳、咳”变成了“吭、吭、吭”,像是忽然被人捂住了嘴。刘富小心翼翼地扭转头朝后排座看去,他看见了歪坐在那里不急不火的香改。

刘富如果不在这时往后看,他就真的记不起香改还在车上等着他。大半天时间他已经把她给忘了,他原本要在离婚前给香改治好咳嗽的。是啊，咳嗽，刘富曾经那么厌恶香改的咳嗽，他也同样不喜欢天鹅的咳嗽。每当女人和鹅同时在院子里咳嗽起来，他就觉得他的生活纷杂、烦乱，很没有成色。但是就在刚才，当他听见后排座上突然响起的咳嗽声时，竟意外地有了几分失而复得般的踏实感。

刘富发动了“奇瑞”一心想要快些离开省城，路上他只下了一次车给香改买了一套煎饼馃子。香改不挑食，也不抱怨刘富丢她在车上那么长时间，只扎着头吃煎饼。吃了一会儿才冷不丁问刘富一句：“哎，你不吃啊？”刘富摇摇头，香改就又自顾自地吃起来。唉，这就是香改了。刘富叹道。其实香改从来就是这样吧？只是他忘了她从来就是这样。他没有在医院门前停车，也没有征得香改的同意。也许他是想，要是从今往后给香改治咳嗽还有的是时间，他又为什么非在今天不可呢？也许他是想，眼下回家才最是要紧。他记起今天是腊月二十三，年已经不远了。

海姆立克急救

一

节日的上午，在这个旅游小镇的桥头，一位戴着圆片花镜，坐在竹椅上的老者为过路的游客制作着剪纸肖像。正面的，侧面的，或者全家福，还有夫妻和情侣。他把握着漆黑的老式贴钢王麻子剪刀，一双深褐色的青筋暴露的粗手看上去笨拙，但操纵起锋利的剪刀和柔软的红纸却十分灵巧、娴熟，外加一点儿表演色彩——众目睽睽之下手艺人的共性吧。有围观者，才能调动起艺人的技艺兴奋。一对青年男女并排坐在老者对面等待他剪出双人合“影”，他只抬眼对他们稍作扫视，手下转瞬之间就出现了两人的半身像，外加幼蛇般扭结在一起的四字草书“百年好合”。老者将刀法简洁、粗犷的成品交给顾客说，一张头像一块钱，双人的两块。旁边那四个字是白搭的，属于节日赠送。

正要离开小镇的艾理受了桥头这种民间手艺的吸引，停住脚，也打算带走一帧剪纸。她坐下来，老者问她是正面还是侧面。她犹豫了一下说是个男人,噢,是我先生。老者说你带他照片了吗?艾理说没带。老者提醒道,手机里也没存着?艾理摇摇头。老者说,那你讲讲他的长相,我照你说的剪一个试试。艾理开始描述:长方脸,两条眉毛挨得比较近。算是大眼睛吧,下巴很结实,总是刮得很干净,泛着青色,头发有点儿自来卷儿,可他每回都理得挺短,所以也看不太出来。大嘴,对了,他的鼻子……艾理的描述带着不易觉察的热望,还有一点儿原本用不着的琐碎——一张剪纸能剪出青色的下巴吗?仿佛她面对的不是一个桥头艺人,而是一则将要张贴的寻人启事。她刚形容出鼻子,老者已经把一张中年男人的正面头像剪好,用一张雪白的A4打印纸衬着,递给艾理。

艾理接过剪纸成品,竟不由得笑了笑。因为这肖像虽然没剪出鼻子,寥寥几剪,却还真有几分与她的丈夫郭砚相像——正所谓神似。她坚持付给老者两块钱,收起剪纸,搭上了返城的大巴。借着刚才的兴致,上车前她又买了一只当地特产"石锅烧鸡",打算晚上和郭砚一起吃。

艾理昨天乘旅游专线大巴来到这镇上,晒着暮春舒适的太阳,随大溜儿一般地跟着游客们参观了这里的一些石头房子——小镇就因这些上百年的石头房子而闻名。她竭力想表现出一点儿旅游者应有的好奇心,但脚步很机械,目光也茫然。她对眼前掠过的一切并不感兴趣,只是以此来打发这段难挨的时光,并且不断翻看着手机短信。她希望能看到一条丈夫郭砚发来的,问一声她独自在外边玩得如何。也的确有郭砚的问候短信,可在她看来又太像例行公事。后来她接到儿子的一个电话,说和几个同学到了庐山的美庐。儿子正读大一。

最近半年，当艾理发现郭砚和马端端来往过于密切之后，便经常一个人出门几天，再百无聊赖地回家。她想以离家的方式引起郭砚的注意，或者以离开郭砚的方式丈量自己对他的感情。她在三日游或者五日游的旅途中，有时会夸张地、怨妇似的觉得自己同时被两个男人抛弃了：丈夫和儿子。有时她又竭力推开“怨妇”这个形容，她走到哪里不是都能接到郭砚的电话嘛。

郭砚有一个规模不大的家装设计公司，一次，他跟她说一个别墅项目催得紧，要加个班，晚上就在公司睡了。艾理的直觉指引着她，在那个晚上不假思索地打车赶到马端端家的小区——她早就弄清了这个地址。女人不论聪慧或拙笨，一旦发觉自己在情感上受伤，她们的灵敏度几乎同等，行动起来也所向披靡。结果就像通俗小说描绘的那样，郭砚的车在晚上八点进了马端端的小区大门，清晨六点才开出来。

艾理直挺挺地在小区门外守候了一夜，她用了“直挺挺”这个词形容自己，源于她的心在那一夜比身体更加直挺挺，木化石一般，缺少温度，血脉不通。可她没有上前拦住丈夫，选择了及时避开。她甚至从来没有对他提过这件事，一想到要当面揭穿他的谎话，她就心悸发抖，手脚冰凉。从小她就是个嘴笨的孩子，虽然一度还很喜欢演话剧。事实证明她是个不称职的演员，她笑场。初中时她参演过班上一个关于地下党惩治叛徒的小话剧，她饰演剧中女特工。小话剧结尾时，女特工终于抓住叛徒，掏出枪来对着他的脑门儿说了一句铿锵有力的台词：“我代表党和人民枪毙了你！”排练时每次说到这句话艾理都忍不住突然发笑，手中那支涂了黑油漆的木头手枪也会随着她的笑声抖个不停。一个极为严肃、紧张的时刻，被艾理同学失控的笑声弄得场面尴尬。艾理终因在这句台词上无法过关，被另一个同学换下。后来她听辅导他们排练的话剧团演员说，她当时的表现应该是笑场。这是一个专有名词，指演员在演出中脱离剧情、人物而失笑。

艾理的话剧梦由此告终，成年后她在音像书店当出纳，和郭砚结婚生了孩子后就做了全职太太。有时候她会想起少年时代的笑场，她想那是她太过紧张了吧？在那句台词之前是掏枪的动作，每次她都特别害怕把枪掉在地上。人在过于紧张的时刻是不是也有可能把愤怒变成笑呢？她庆幸自己没有去当演员，但这并不妨碍她挺看重同大明星的一张合影。她的母校出过一位当今著名的女影星，那年母校校庆，女影星也参加了。艾理和一大群同学在校园里近距离目睹了明星风采。有人拍了许多照片。在一张校领导和女影星握手的照片里，在女影星波浪般长发的边缘处，显现出艾理的半张小脸。若用满月比喻女孩子的脸，艾理在那张照片上呈现的脸只能算是一弯月牙儿。不细看，连郭砚都没有认出那半张小脸就是艾理。那时他们还没有结婚，艾理给他看照片，让他找出照片上那一群人中的自己，带着一点儿小得意。后来郭砚告诉她，他就是在她指出照片上那半张小脸时真正爱上了她。那月牙儿一般藏在女影星秀发旁边的小脸，也是艾理和名人唯一一次近距离的接触。郭砚将照片放大挂在家里，有客人来他就让大家猜艾理在照片上的位置。艾理闪在郭砚身后娇嗔又知足地笑着，如老话说的，知足者常乐。

现在，郭砚和马端端共同带给了艾理持续的不快、焦虑，以及凄厉的疼痛感。可她从来没有和他吵过，在他眼里，她是个知情达理的女人。她几乎是独自把儿子带大，月子里都坚持没请保姆。儿子断奶之前夜里经常啼哭不止，为了让郭砚睡好，她抱着儿子整夜在房间里散步。如今她仍然愿意保持这种形象：知情达理，从不添乱。有段时间她还希望郭砚“乱”过一阵就会平静如初。人心是叵测的，谁能保证自己的心终生不乱？她见过他的烦乱：坐在家里骂一阵哪位讨厌的客户，过后给人家打电话，还得赔上一副对方看不见的笑脸。他对她讲起过为一个别墅做设计时，那家年轻而跋扈的女主人是如何动不动就打断他的话叫他“闭嘴”。那一声声粗鲁的“闭嘴”尖锐地刺伤着他的自尊，使艾理再次想到，所谓不添乱也包括着别在这种时候去烦扰他。可是，那铺张在心底的厚重的阴霾实在难以驱散。而且，近几个月来，她越是显出知情达理，他就越是一意孤行，仿佛以此来嘲弄她那貌似的知情达理，或者是心虚而又固执地利用着她的知情达理。

在这个五月的节日里，当艾理坐在小镇桥头向陌生的剪纸艺人描述丈夫的五官时，仿佛是老派的剪刀和夺目的红纸破开了她心中的顽结，长久以来的恍惚和怨愤顷刻退去，一股巨大的柔情突然随着她的描述奔涌而出，她清楚地意识到这不能是别的，这仍然是爱。坐在回城的大巴上，她决定晚上和郭砚见面时就把要说的都说出来。

二

他们面对面坐在尚显空荡的厨房里吃鸡，艾理从镇上带回来的那只石锅烧鸡。

这是远郊一个尚未完全竣工的温泉新区，郭砚在这里按揭了一套两居室的小公寓，并精心做了装修——他本来就是家装设计师。热衷于料理家庭的艾理当初对这房子满怀热情，最近几个月她赌气似的冷落了它。她迟迟不买家具，只在厨房摆了一张餐桌和两把木椅。今晚她提议和郭砚来这儿，是执意要唤起一种气氛，一种他们共同创造生活的气氛。但是这次郭砚并不情愿。从城里到这儿，开车用了近一个小时，路上他不断接着电话，都是客户打来的。一个人说德国铝包木窗户造价太高，要改成国产断桥铝合金的。又一个人说他不喜欢郭砚给他设计的彩色喷涂客厅吊顶，像个教堂。

他用电壶烧水，泡了两杯绿茶，坐下，呼出一口长气。他说有什么话在家也可以说。

她说这是过节呢！况且这儿也是家。

他说过节你自己不也出去了一天吗？

她说因为你说过节时你的业务更多。

他说不是“我说”，事实如此。很多家庭都是趁着节日假期忙装修。刚才的电话你也都听见了。

她心想也对，就让他尝烧鸡，还给他展开那张剪纸。她想，人一吃点儿东西，心情就会好些，比如她自己。

他看了一眼剪纸，推到桌边说，你总是喜欢在这种事上耽误时间。

她手里捏着一枚鸡翅尖，咽了口唾沫，有些吃力地说，也许你说得对。可是你不觉得你……在有些事上也耽误了很多时间吗？

他说你是一个不虚心的人。他感到话题正向某个方向引。

她说我愿意就事论事。说完几口把鸡翅吞掉，仿佛这个动作是下一句话的重要引言。

他说比如……

她说比如你们在好几个月里用那么长时间通电话。

他立刻有点儿烦躁地把身子向后仰去，两条距离相近的眉毛拧得连在了一起。然后他说，谁们？

她双手扶住桌沿借以稳定身体，终于腼腆而艰难地把马端端的名字吐了出来。

他说你知道我们是中学同学。她离婚了一个人从国外回来你不是也挺同情吗？

她说一个离婚的女人长时间找一个已婚男人倾诉苦闷就不再叫人同情，而且也不能说是正常。

他低头盯住自己的指甲说我没觉得有什么不正常。

她发出一个短促的"唔"声，像被噎着似的。

他听见了她的声音，他说你别这么脆弱。你知道我的好多高端客户都是她给介绍的。咱们需要更多的客户，这套按揭的公寓……你以为我愿意伺候他们？那些不是喜欢大理石就是喜欢罗马柱的暴发户们！

她听出了他真实的烦乱，或许她真的不该再去添乱，可是“马端端”这三个字就如同刺进了她的骨头一般令她不悦。这位郭砚中学时的同学每次来访总是化浓妆粘假睫毛，衣着充满戏剧化，好像艾理的家是电视台的一个演播间。是的，马端端出国前在电视台工作过，现在的确有时候会被拉去充当某一档午夜之后家庭心理咨询节目的嘉宾。懂得知情达理的正应该是马端端啊！想到这些，艾理不得不朝着更具体的方向发问，她指出，近来他们每天至少三次以上通话，甚至马端端出国一周都不能耽误两人每晚的定时热线。她说是不是客户们都要定时定点在晚上被她介绍给你呢？

她的话让他听出少有的刻薄，他说你在查我的电话。我们应该相互信任。为什么我从来不看你的电话，为什么我能对你无限信任？

她一阵心酸，觉得十年前、二十年前她都信他这话，但是今天，与其说这叫信任，不如说他没有兴趣。还有什么比丈夫对你没有兴趣更加无趣的事呢？她的手开始不明显地发抖，她拿起盘子里的一块鸡肉低头啃几口，突然抬起头笑了。她嚼着鸡肉，笑着，指着郭砚说，我并不愿意看你的电话，可你，你配得上我不去看吗？我一直、一直、一直在体会着迁就着合理着你的感受你们的感受，请问你体会过我的感受吗？你愿意体会一下吗？你愿不愿意？她继续笑，一边想起了初中时那尴尬至极的笑场。她知道她要出丑了她已经在出丑，可她欲罢不能。她笑着，头朝着椅子背后仰去，就像要把嘴里的笑声送上天际。接着她唔哩唔哝地说出一个词。他没能听清那个词，她的笑声掩盖了那个词。她说我都不好意思说这个词了我们还需要这个词吗……我们。她淤积已久的愤怒就要爆发了因为她笑了——笑场。

他开始意识到事情的严峻,他终于看见了从前只听她说起过的少年时的那种笑场。这时她那笑声却戛然而止,她的双手猛地紧贴在喉咙上摆成一个V字,身体的某个部位发出一阵沉闷而痛苦的“呕呕”声。

是鸡块卡住了她的气管,她的脸扭曲着,哀伤地盯着他。

他吓坏了,抱住她要帮她,给她捶背,为她揉胸口,并试图灌她喝水。可他没有经验,像多数人一样,觉得意外总是发生在别人身上的。他的忙乱是无效的忙乱,她只被折腾得更加痛苦难耐。当她挣扎着从包里掏出手机示意他拨打急救电话时,他才夺过电话,疯了似的拨打了120。

这个新区附近没有医院,救护车迟迟不到。他想求助邻居,但这里尚无人家入住。他不能再等,抱起她开车进城。一切都太晚了,艾理因呼吸通道阻塞,在去往医院的路上窒息死亡。

三

七月的一个晚上,郭砚约马端端在那套温泉小公寓见面。这是艾理出事后他们第一次见面。他们对坐在更显空荡的厨房里,陌生,无话。郭砚坐在自己的位置,他把马端端让到那天艾理吃鸡的位置,然后从电脑包里拿出一张报纸在桌上铺开。

他不加人称地说,你知道海姆立克急救法吗?

她摇摇头。

他显然恼火她的摇头,又竭力压抑着恼火,但口吻还是有些气急败坏。他说你当然不知道,我这就告诉你。海姆立克是个美国人,胸外科医生,他发明了一种异物卡住气管后的腹部冲击急救法,被称为海姆立克急救法。从二十世纪七十年代到今天,美国已经用这种办法成功抢救了近两万人。你知道吗?报纸上有详细介绍,这种急救法操作起来并不困难。可是我,为什么今天才看见这张报纸为什么今天才看见!

他气急败坏地说完上述话,才抬眼朝马端端望去,像望着一条在鱼缸里休息的大鱼,银龙什么的。

她试探地伸手想拿过报纸,他没有给她。

他把报纸掖到身后,开始背诵海姆立克急救法的原理,在短短的几个小时里他已经将这一整版报纸倒背如流。原理如下:在人的两肺下端残留着一部分气体。如果冲击腹部,可以使残留气体形成一股强烈气流,这股气流长驱直入气管,就能将卡在气管或咽喉部的异物冲出。

他背诵着急救法原理,遥望着对面的女人,有点儿要拒绝相信他们真的亲近过、热络过。即使她的沧桑与时尚、通达与不羁真的吸引过他,那吸引也只是次要的、多余的吸引。那热络也只是次要的、多余的热络。婚姻之外的业余快乐吧?这个时代好像并不特别谴责这类的"业余快乐"。他从来没有想过要为此抛弃自己的家庭,不是吗?艾理那天晚上唔哩唔哝说出的那个词到底是什么呢?

他起身走到马端端背后,要她站起来。他的嘴对着她雪白的后脖梗说,我们应该演示一下腹部冲击急救法中的站位法。你被异物卡住了,我是救你的人。

他的嘴吹出的气息又湿又冷，使她的脖子如同淌上一丝冬日里冰凉的清鼻涕。她感到他不是和她商量，而是对她下令。他的胸膛贴住她的后背，他用双手围住她的腰。以往他们缠绵时他也会这样，但是现在他对她腰部的环绕不具备性感，只有些许的……科学感。像医生为病人做检查，或者裁缝给顾客量尺寸。他在她脑后说，方法是这样的：我一手握拳，拇指的一侧抵住你的上腹部，剑突下，也就是肚脐稍上的部位。然后我的另一只手压住握拳的手，往你的腹部做快速向内上方的挤压。现在我要做了你准备好！

他的拳头向她柔软的上腹部捣去，她被捣得打了个嗝儿，身体歪向一边。他将她扶正，站到她对面问她是不是有效。

她大口咽着唾沫，不想说无效，因为那本身就是对他的伤害，她越来越感觉到他体内有一股破坏性的激情。她也不能说有效，因为她的气管里没有异物。

他接着对她说，现在你来。

她并不是特别想来，但这时如果她不响应，仿佛已经背负了一个致命的道德缺陷。她站到他的背后，双手环住他的腰。她没有嗅到人体的气息，突然觉得自己像是一个为塑胶男模换衣服的时装店的女店员。她的脸蹭着他的后背，如同蹭着一件模特身上正要扒下的衣裳。他扭过头重复一遍刚才的动作要领，她照着做了，把拳头捣向他的上腹部。她的拳头太无力，角度尚欠准确。他的身体纹丝不动。

他伸出双手把她环在他腰上的两条胳膊拿掉，就像松开一条皮带。他转过身，嘲弄地看着她说，你这样根本不行。根本救不了命的！

她反驳说，那你呢！

他低吼道，我知道我那样也不行。所以我们要认真！你知道吗？要认真！

她重复着他的话说是的，要认真。

她第一次见识了他的认真和急赤白脸的投入，也终于正视了自己和他之间的确是并不认真的，他们之间有过愉悦，一种相互不担责任的愉悦。他不是她的婚姻目标，她的目标远比他要壮大。但她害怕孤单，他填补了她这个阶段的害怕。直到艾理出事之前，他和她还没有打算点破彼此，或者他们一直默契地逃避着这种点破。就在刚才，她有点儿惊惧地发现，从人格层面审视，他们对这"默契"的马虎拖延，比他们之间生出真爱更加糟糕。

他们再次开始海姆立克腹部冲击急救的站位法练习，轮流充当着救人者和被救的人。他们互相在对方的腹部上方剑突之下捣着拳头，假如有人站在窗外向这灯火通明的厨房望去，会以为这里正有一场家庭恶战。

她已经有点儿支撑不住了，他却愈战愈酣。好像只要这么不停止地演练下去那逝去的就能够复活，那流失的就能够追回。他的动作却越来越变形，有一次，他竟把拳头打在了她的锁骨上。她就昂然地迎着那变形的拳头，一副死也无憾的架势。

这时他停了下来，他大汗淋漓喘着粗气说我们要来真的。

她借机倒在椅子上缓冲一下情绪，如同溺水者终于上岸。只见他从冰箱里拿出一只裹在保鲜纸里的烧鸡。

他把鸡直接摊开在桌面上，恶狠狠地拽下一条鸡腿。

她这才反应过来，扑上去抢过他手中的鸡腿，连同桌上的烧鸡一块儿向窗外扔去。她说你不能真吃！她的眼神也告诉他：因为，我不能保证用那些动作真能救你。

他大喊着说本来一切不是这样的，本来一切可以不是这样的！

她从他的话里听出了巨大的悲伤和无助，并伴有一种方向不明的谴责。

在一阵死一样的沉默之后，她弯腰捡起那张滑到地上的报纸。她看到在海姆立克急救法的这一版上，除了站位法，还有自救法，两种方法都配有简明的图示。引起她注意的是，图示所画的被异物卡住气管的均是女性，而施救者都是男人。

她把自救法的说明念给他听：根据现场情况，你可以利用椅子靠背、桌子一角等作为支撑物，弯腰把自己的上腹部顶在椅背或桌角，快速、猛烈地按压，压后随即放松，如此反复。必要时也可以将自己的一只手攥成拳头，另一只手握住攥拳的手，快速而猛烈地按压上腹部。

她念完报纸直视着他的眼睛，声音嘶哑地说，也许你和我需要再来做一做这个腹部冲击的自救练习，我们都需要自救！

他说我们还没有学会救人呢——刚才的站位法！

她说你不觉得我们其实连自救都还不会吗！

她站起来走到椅子后边，弯腰将上腹抵住椅背使身体和椅背形成直角，然后开始猛烈地挤压自己，就像在迫使自己呕吐，就像要倾倒出五脏六腑中全部的汁液。

他效法她的样子占据了另一把椅子，更深地弯腰将上腹顶住椅背,更猛烈地挤压自己,就像在迫使自己呕吐,就像要倾倒出五脏六腑中全部的汁液。他又以拳头击打剑突处,出手很重,真正是在捶胸顿足。他头颅下垂,眼睛血红,太阳穴的青筋嘣嘣跳着,他感到一股又一股凄苦而悲凉的气浪踉跄着从体内冲出,伴随着无望的只有他自己听得见的哀号。他从来也没有像此刻这样揪心地渴望艾理,卡住她气管的真是鸡骨吗?还是他再也没有机会听清的那个词?他不敢回想她那因鸡骨在喉惊惧而歪扭的脸,眼前只有那张时光久远的放大照片上,女影星旁边她那隐在暗处的月牙儿般的面孔,一个较真儿的、让人心碎的面孔。他于是更深地意识到,他在箭一般的岁月里不断迷失着救人的本能,他在很多年里也已不再有自救的准备。

一个星期后他卖掉了公寓。

四

马端端坐在小镇的桥头,她找到了桥上那个剪纸老艺人。是秋天的一个隆重节日,因为假期更长,游客就更多。

老者问她剪正面还是侧面,她掏出一张剪纸递过去,是艾理为郭砚口述的那帧肖像。郭砚约她演习海姆立克急救法的晚上,她在厨房的餐桌下发现了它,一张被忽略的、落满灰尘的剪纸。

老者认出这件作品,得意于自己的广告意识:他不忘在每张剪纸背面都签上自己的姓名和地址,这不是嘛,回头客就来了。

他说你是想照原样再剪一张?

她说是剪双人的,这张上面还缺位女士。

他说你的意思是你们夫妻合影？

她说不是“我们”，是“他们”。

他富有经验地说噢，问她是否带着照片。

她说没有。

他提醒说手机里也没存着？

她肯定地摇摇头。

他请她口述女方的样子，他好试着剪一个。

她开始描述，描述得很细致，像急着刊登寻人启事，又觉得是在顶替郭砚呼叫艾理。温泉公寓的那个晚上，他们没能证明他们对海姆立克急救法的演练是成功的。她只在那个时刻见证了郭砚的最重要的感情，她推断就连他自己也未必分辨得清。她不知那是源于他的脆弱还是自大，正好比她也并不明了自己那“壮大”的婚姻目标到底是什么。

老者剪好合影请马端端过目。她捧着刀法简洁、粗犷的作品观看，剪纸上是一对没有鼻子的男女，单纯，美艳，明净。

当她付过钱起身下桥时，看见一个曾经熟悉的男人正倚桥而立，弯着腰将上腹部死死抵住青石桥栏。他长时间地把头探向桥下平缓的水流，就好像水面上正发生着什么惹人注目的事情。受了他那姿势的吸引，已经有过路游客停住脚和他一同朝桥下张望。

她不准备打扰那个男人，只在心里猜测着，那些围在他身边同时向桥下张望的人，还有谁知道他那种姿势叫作海姆立克腹部冲击自救法。

火锅子

他和她站在窗前看雪，手拉着手。雪已经下了一个早晨，院子里那棵小石榴树好像穿起了白毛衣，看上去挺暖和的。

这棵小石榴树也就一人多高。别看树不大，可不少结果，一个秋天就结了四十多个石榴，压得树枝朝地上深深地弯着腰。那时候天还不冷，她拉着他走到石榴树跟前，有点儿赞叹、有点儿感慨地说：看把她给累的！仿佛石榴树是他们家的一名产妇。

他说，我就没觉得一棵树会累。

她说，我说她累她就累。

他笑了，看着她说：你呀。

今天，她站在窗前告诉他，雪中的石榴树穿着白毛衣挺暖和。

他说，我怎么没觉得。

她说，我就这么觉得。

他故意抬杠似的说：身上穿着雪怎么会暖和呢？

她急得摇了一下他的手说，我说暖和就暖和。

他告饶似的说，好好好，你说暖和就暖和。

她乐了，就知道他得这么说。又因为知道他会这么说，她心里挺暖和。

他八十七岁，她八十六岁。他是她的老夫，她是他的老妻。他一辈子都是由着她的性儿。由着她管家，由着她闹小脾气，由着她给他搭配衣服，由着她年节时擦拭家里仅有的几件铜器和银器：一对银碗，两双银筷子，一只紫铜火锅。

这么好的雪天，我们应该吃火锅。她离开窗户提议。

那就吃。他拉着她的手响应。

他们就并排坐在窗前的一只双人沙发上等田嫂。田嫂是家里的小时工，一星期来两次，打扫卫生，采购食品。今天恰好是田嫂上门的日子。雪还在下，他们却不担心田嫂让雪拦住不来。他们认识田嫂二十多年了，一个实在而又利索的寡妇。

田嫂来了，果然是风雪无阻。他们两人抢着对田嫂说今天要涮锅子。田嫂说，老爷子老太太好兴致。田嫂称他们老爷子老太太。

她说，兴致好也得有好天衬着。

田嫂说，天好哪里敌得过人好。瞧你们老两口，一大早起就手拉着手了。倒让我们这做小辈儿的不知道怎么回避呢。

认识的年头太久了，田嫂故意闹出点儿没大没小。

他们俩由着田嫂说笑，坐在沙发上不动，也不松开彼此的手。

其实田嫂早就习惯了老爷子老太太手拉手坐着。从她认识他们起，几十年来他们好像就是这么坐过来的。他们坐在那儿看她抹桌子擦地，给沙发和窗帘吸尘，把买回来的肉啊蛋啊蔬菜啊分门别类储进冰箱。遇上天气晴和，田嫂也会应邀陪他们去商店、去超市。

老爷子在这些地方逛着逛着就站住脚对老太太说：挠挠。他这是后脊梁痒了。老太太这时才松开老爷子的手，把手从他的衣服底下伸进去，给他挠痒痒。田嫂闪在一旁只是乐。他们和田嫂不见外，却没有想过请她做住家保姆，或者是请她以外的什么人进家。田嫂知道，他们甚至并不特别盼着四个孩子和孩子们的孩子定期对他们的看望。那仿佛是一种打扰，打扰了他们那永不腻烦、永不勉强的手拉手坐着。每回孩子们来，老爷子老太太总是催着他们早点儿走，给人觉得这老两口儿急于要背着人干点儿什么。这是哪辈子修来的！田嫂叹着，一边觉出自己的凄凉孤单，一边又被这满屋子的安详感染。

他催着田嫂去买羊肉，她嘱咐田嫂把配料写在纸上省得落下哪样。田嫂从厨房拿出一张折叠整齐的白纸展开说，上回买时都记下啦，我念念你们听听。无非是酱豆腐、卤虾油、韭菜花、辣椒油、花椒油、糖蒜、白菜、香菜、粉丝、冻豆腐……田嫂念完，老爷子说，芝麻酱你忘了吧？老太太说，芝麻酱家里还有半罐子呢。老爷子又说，还有海带，上回就忘了买。田嫂答应着，把海带记在纸上。涮海带是老爷子的创新，一经实践，老太太也喜欢上了。海带是好东西。

田嫂就忙着出去采购。出门前不忘从厨房端出那只沉甸甸的紫铜火锅，安置在客厅兼餐厅的正方形饭桌上，旁边放好一管牙膏和一小块软抹布。这是老太太的习惯，接长不短的，她得擦擦这只火锅。隔些时候没擦，就觉得对不起它。上一回吃了涮锅子她还没擦过它呢，有小半年了。上一回，是为了欢迎没见过面的孙子媳妇，老爷子老太太为他们准备了涮锅子。

他见她真要擦锅,劝阻说,今天可以不擦,就两个人,非在乎不可啊?

她说,唔,非在乎不可,两个人吃也得有个亮亮堂堂的锅。说着从沙发上起身坐到饭桌旁边,摸过桌上的抹布,往抹布上挤点儿牙膏,用力擦起锅来。

他就也凑过来坐在她对面看她擦锅。锅可真是显得挺乌涂,也许是他的眼睛乌涂。他的眼睛看着火锅,只见它不仅没有光泽,连轮廓也是模糊一团。他和她都患了白内障,他是双眼,她是右眼。医生说他们都属于皮质性白内障,成熟期一到就可以手术。他和她约好了,到时候一块儿住院。

她擦着锅盖对他说,你看,擦过的这块就和没擦过不一样。

他感受着她的情绪附和着说,就是不一样啊,这才叫火锅!

他俩都喜欢吃火锅,因为火锅,两个人才认识。二十世纪五十年代初,他们正年轻,周末和各自的同事到东来顺涮一锅。那时有一种"共和火锅",单身的年轻男女很喜欢。所谓共和,就是几个不相识的顾客共用一只火锅,汤底也是共用的。锅内隔出若干小格,好比如今写字楼里的隔断式办公。吃时每人各占一格,各自涮各自点的羊肉和配料。锅和汤底的钱按人头分摊,经济且节能。那时候的人和空气相对都更单纯,没有 SARS,也不见 H7N9。陌生人同桌同锅也互不嫌弃,共和着一只大锅,颇有四海之内皆兄弟之气象。那天他挨着她坐,吃完自己点的那份肉,就伸着筷子去搛她的盘中肉,她的盘子挨着他的盘子。他不像是故意,她也就不好意思提醒。可是他一连搛了好几筷子,她的一位男同事就看不过了,用筷子敲着火锅对他说,哎哎，同志，这火锅是共和的，这肉可是人家自己的！同桌的人笑起来，他方才醒悟。

她反倒因此对他有了好感，就像他对她同样有好感。后来他告诉她，那天在她旁边一坐，心就慌了。她追问他，是不是用吃她盘子里的肉来引起她的注意？他老实地回答说没想那么多，他也不知道自己怎么了。他们开始约会，她知道他是铁路工程师，怪不得有点儿呆。他知道她在一个博物馆当讲解员，怪不得那么伶牙俐齿。后来他们就成了一家人。在她的嫁妆里，除了一对银碗、两双银筷子，还有一只紫铜火锅。

紫铜火锅是她姥爷那辈传下来的，姥爷家是制火锅手艺人，从前他们家手工打制的火锅专供京城皇宫。这只火锅，铜是上好的紫铜，光泽是那么油润而不扎眼。锅盖和锅身均无特别的装饰，只沿着人字形的炭口镶嵌了一组黄铜云朵。她没事就把它搬出来擦擦，剪一块他穿糟了的秋衣袖子，蘸着牙膏或者痱子粉擦。她是个爱干净的人，能用猪皮把蜂窝煤炉子的铸铁炉盘擦成镜子，照得见人影儿。当她神情专注地擦着火锅时，家里的气氛便莫名地一阵阵活跃，他的食欲给调动起来，仿佛东来顺似的涮锅子就要开始了。

她真给他做过涮锅子，没肉，涮的是虾皮白菜，蘸酱油。他们结婚以后迎来了食品匮乏的时代，总是缺油少肉，副食品供应也要凭证凭票。平常人家，很少有人真在家中支起火锅涮肉——去哪儿找肉呢？八年间他们生了四个孩子，更需处处精打细算。但是他爱吃她做给他的虾皮涮白菜或者白菜涮虾皮，当他守住那热腾腾的开水翻滚的火锅时，先就心暖了，他常常觉得是家的热气在焐着他。家里一定要有热气，一只冒着热气的锅，或者一个锃亮得可以直接把冷馒头片摆上去烤的蜂窝煤炉盘，都让他感到温厚的依恋。只是他不善言辞，不能把这种感觉随时表述给她。他认真地往火锅里投着白菜，她则手疾眼尖地在滚沸的开水里为他捞虾皮。一共才一小把虾皮，散在锅里全不见踪影。可她偏就本领高强，大海捞针一般，手持竹筷在滚水里捕捉，回回不落空。当她把那线头般的细小虾皮隔着火锅放进他的碗时，他隔着白色的水汽望着她，顶多说一句：看你！

有时候，他也想把火锅里的精华捞给她吃，虽然充其量只是几枚虾皮。但他手笨，回回落空。仅有一次他的筷子钳住个大家伙，捞出水面看看，不过是一颗红褐色的大料。她叫他把大料放回锅里，一锅白开水指着它提味儿呢。他就不再和她比赛捞虾皮了，他心满意足地吃着虾皮白菜，忽然抬起头冒出一句：我老婆啊！

他知道这一生离不开她，就像她从来也没想离开他一样。一辈子，他们只分开过有数的几回，包括她生四个孩子的那四次住院，也还有他在那场巨大的"革命"中被送到西北的深山里劳动一年。后来他和一批同事提前回到城市，他们被编入一个科研攻关组，为铺设北京第一条地铁效力。虽然他远不是其中的主角，也没在真正的一线，可这并不妨碍他们的小儿子每次乘地铁时总对同学吹嘘：知道这地铁是谁设计的吗？我爸！

田嫂回来了，羊肉、调料样样齐备。她一头钻进厨房，该洗的洗，该切的切，眨眼间就大盘小碟地摆出一片。她把那些盘盏依次从厨房端出来，端上老爷子老太太守着的餐桌，绕着桌子中央的大火锅码了一圈，众星捧月一般。接着，田嫂还得先把火锅子端走——老太太擦得满锅牙膏印,得冲洗干净。好比一个洗澡的人,不能带着一身肥皂沫就从澡堂子里出来。田嫂在厨房的水龙头下冲洗着火锅,发现这锅并没有像从前那样被老太太擦得锃亮, 锅身明一块暗一块的,锅脚干脆就没有擦到,边边沿沿,渍着灰绿色的铜锈。想到老人的眼疾,田嫂心话,真难为您了。那边老太太又问锅擦得亮不亮,如同孩子正等待大人的褒奖。田嫂打算撒个小谎,高声应答说,亮得把我都照见啦!把我脸上的黄褐斑都照见啦!他和她听见田嫂的话,呵呵笑起来。

续满清水,加了葱、姜、大料和几粒海米的火锅重又让田嫂端上饭桌,只等清水咕嘟咕嘟滚沸,涮锅子就正式开始了。他和她欢悦地看着桌上的火锅和火锅周围的盘盏,尽管那火锅在他们眼里绝谈不上光芒四射,但田嫂的形容使他们相信那锅就像从前,几年、几十年前一样的明亮。田嫂则"职业性"地偏头看看火锅的炭口,炭火要旺啊。这一看,哎哟喂! 田嫂叫了一声,真是忙中出错,她忘记买木炭了。

这个忘记让他和她都有点儿扫兴,可他们又都不打算退而求其次——去搬孙子媳妇送的一只电火锅。他曾经说过,那也能叫火锅?田嫂也没打算动员他们使用电火锅。就为了已经端坐在桌上的这只明一块、暗一块的紫铜火锅,她也得冒雪再去买一趟木炭。就为了老爷子和老太太的心气儿,值。

等着我啊,一会儿就回来。田嫂像在嘱咐两个孩子,一阵风似的带上门走了。

他和她耐心地等着田嫂和木炭, 她进到厨房调芝麻酱小料,他尾随着,嘟嘟哝哝地又是一句:我老婆啊。

他一辈子没对她说过缠绵的话,好像也没写过什么情书。但她记住了一件事。大女儿一岁半的时候,有个星期天他们带着孩子去百货公司买花布。排队等交钱时,孩子要尿尿。他抱着孩子去厕所,她继续在队伍里排着。过了一会儿,她忽然觉得有人在背后轻轻拨弄她的头发。她小心地回过头,看见是他抱着女儿站在身后,是他在指挥着女儿的小手。从此,看见或者听见"缠绵"这个词,她都会想起百货公司的那次排队,他抱着女儿站在她身后,让女儿的小手抓挠她的头发。那就是他对她隐秘的缠绵,也是他对她公开的示爱。如今他们都老了,浑身都有些病。他们的听觉、味觉、嗅觉和视觉一样,都在按部就班地退化。但每次想起半个多世纪前的那个星期天,她那已经稀疏花白、缺少弹性的头发依然能感到瞬间的飞扬,她那松弛起皱的后脖颈依然能感到一阵温热的酥麻。

一个多小时之后,田嫂又回来了,举着家乐福的购物袋说,木炭来了木炭来了,不好买呢,就家乐福有。

火锅中的清水有了木炭的鼓动,不多时就沸腾起来。田嫂请老爷子老太太入席,为他们掀起烫手的锅盖。他们面对面地坐好,不约而同看一眼墙上的挂钟,朦朦胧胧的,仿佛是十一点半了吧?要么就是十二点半?心里怪不落忍,齐声对田嫂说,可真让你受累了!

田嫂没有应声,早已悄悄退出门去。她心里明白,这个时候,老爷子老太太身边别说多一个活人,就是多一只空碗,也是碍眼的。

他们就安静地涮起锅子。像往常一样,总是她照顾他更多。他们的胃口已经大不如前,他们对涮羊肉小料那辛、辣、卤、糟、鲜的味觉感受也已大打折扣。可这水汽蒸腾的锅子鼓动着他们的兴致。他们共同向锅中投入眼花缭乱的肉和菜。她捞起几片羊肉放进他的碗里，他就捞起一块冻豆腐隔着火锅递给她。她又给他捞起一条海带，他就也比赛似的从锅里找海带。一会儿，他感觉潜入锅中的筷子被一块有分量的东西绊住了，就势将它搛起。是条海带啊，足有小丝瓜那么长，他高高举着筷子说：你吃。

她推让说：你吃。

他把筷子伸向她的碗说：你吃。

她伸手挡住他的筷子说：你吃，你爱吃。

他得意地把紧紧搛在筷子上的海带放进她的碗说，今天我就是要捞给你吃。

她感觉被热气笼罩的他，微红的眼角漾出喜气。她笑着低头咬了一小口碗里的海带，没能咬动。接着又咬一口，还是没能咬动。她搛起这条海带凑在眼前细细端详，这才看清了，她咬的是块抹布，他们把她擦火锅的那块抹布涮进锅里去了。

他问她：还好吃吧？

她从盘子里捡一片大白菜盖住"海带"说，好吃！好吃！

她庆幸是自己而不是他得到了这块"海带"，她还想告诉他，这是她今生吃过的最鲜美的海味。只是一股热流突然从心底涌上喉头，她的喉咙发紧，什么也说不出来，就什么也没再说。

他又往锅里下了一小把荞麦面条，她没去阻拦。喝面汤时，他们谁都没有喝出汤里的牙膏味儿。

她双手扶住碗只想告诉他，天晴了该到医院去一趟，她想知道眼科病房是不是可以男女混住？她最想要的，是和他住进同一间病房。

雪还在下，窗外白茫茫一片。那棵小石榴树肯定不再像穿着毛衣，她恐怕是穿起了棉袄。

对　面

我从北门市搬到南门市，多半是为了逃离肖禾的追逐。

我第一次接触的女人便是肖禾，那时我们念高三，肖禾被我们男生称作“洋马”。她那高大蓬勃的身材和手臂上浓密的金色汗毛，以及微微上翘的圆屁股，使很多人想入非非。加上她那个既天真幼稚、又欠庄重的坏毛病——吮大拇指，更使校园里的气氛时不时地显出焦躁和压抑。

我与肖禾是邻居，她家住在我家的楼上。高考之后等待录取通知书的一个下午，她打电话叫我上楼，说要让我看一样东西。我上楼按了她家的门铃，她吮着大拇指给我开了门。那个长期被唾液浸淹着的大拇指离我很近，味儿很酸，很膻，使我心中突然像多了点儿累赘，虽然我也同许多男生一样，为她做过一些想入非非的梦。

她请我坐下，从桌上的铅笔盒里取出一张字条塞给我说：“你自己看吧。”说完就进了厨房，就像有意给我腾出看字条的时间。我打开字条，上面写着“肖禾我想和你性交”。以我当时不满十九岁的年龄，很为这几个字感到羞惭，感到震惊，感到太阳穴蹦蹦乱跳，还感到一种欲望的不可扼制。虽然这字条不是出自我手，却直白地表述了我意识的深处。虽然肖禾大拇指上的气味儿破坏了我对她的整体感受，此刻我却急迫地想再细看看整个的肖禾。她从厨房里出来了，神情有点儿犹豫不定，两眼却坚定地望着我。她挨着我坐下，默不作声地低着头。好像那小字条使她蒙受了天大的耻辱，只有我才能帮她抹去这耻辱。或者干脆那小字条就是我写的，而她甘愿为我照字条上所写的去做——和我做。她说此刻她爸她妈不在家。见我没反应，她又强调了一遍她爸她妈不在家，这之前我与肖禾甚至连朋友也说不上，可是突然间她把我弄得必须得为她做点儿什么。在这里我用“为她”一词好使我显出和她在意识上的区别，实际真要做起来，我也是为我——虽然看上去我像个无辜者。

她又说了一遍她爸和她妈不在家。果然，我的精神和欲望被这暗示抖擞起来，一套只有我和肖禾的房子和一张只有我们俩看过的字条使一切都不在话下。房间骤然变得窄小了，我似乎顶天立地，浑身说不出的憋闷，下巴一个劲儿哆嗦。我伸手试着去摸她的脸颊，她闪开我，站起来领我走进她的房间，然后我们在她那张整洁的小床上做了我们想做的。对于事情的全过程我一直缺乏细节的记忆，尽管细节肯定存在。我完全不记得那天她穿的衣服，也不记得她是怎样在我面前把自己脱光(或者没脱光)。我只记得我怀着战胜了所有男生的得意，怀着邪恶的激动匍匐在一堆白花花的物体之上忙活了一阵。我手忙脚乱却装作充满活力；我害羞腼腆却装作见过世面的大男人。因为要装见过世面的大男人，一直沉默不语的我还忽然脱口而出地说了一声“亲爱的”。在我的间接经验里，这三个字似乎是文明的做爱必不可少的内容之一，这初次对它的脱口而出使我对自己恼恨万分，因为它是那样地做作，那样地口是心非。这装腔作势的模仿是那样拙劣，我盼望肖禾根本就没有听见。但是她听见了。

我的“亲爱的”使肖禾那闭着的双眼睁了开来（当她睁开眼时我才发觉她一直闭着眼），她伸出双臂搂住我的脖子，被男生们向往过的那些汗毛蹭着我汗津津的脸，使我心中升起一股无名火，因为我觉得她这么搂我也是一种模仿。我们模仿着又在心中揭穿着彼此的模仿行为（至少我是这样），直到像两个陌生人一样分开。我们快速穿好衣服，闹了别扭似的谁也不看谁。又愣了一会儿，我离开肖禾回到自己家。一连几天，我们碰面时不说一句话，仇人一般。我初次领会到做这事不仅可以紧密地结合男人和女人，更可以残酷地分离男人和女人。我为我这初次的领会感到一种无处诉说的委屈：我不曾与谁做爱，我只是在猝不及防的机会到来时“做事”。

很久之后我偶然地读过一段“荆轲刺秦王”的野史，其中写到燕太子丹为了笼络荆轲使之为其效力，绞尽了脑汁。比如荆轲骑千里马游玩归来，偶然提及千里马的肝分外鲜嫩，燕太子丹马上叫人杀马取肝，烹调成菜献给荆轲；又比如荆轲夸赞一位给他斟酒的宫女手长得好看，燕太子丹立即叫人砍掉宫女双手，放在铜盘中献给荆轲。这使我想起了我在肖禾家度过的那个下午，那个白花花的身体与肖禾本人并无关系，那只是一堆纯物质的皮肉，好比宫女那双放在铜盘里的手。那双美丽的玉手倘若不复长在宫女身上，它便只能具有标本的意义。当我们用自己最初的全部柔情，用自己最敏感、最脆弱的心灵，小心翼翼地注视着我们一无所知的神秘的少女，以无限朦胧而又丰富的想象编织我们与她们之间的故事时，这少女突然直截了当地脱去衣裙朝我们逼来，爱和柔情便逃遁了，剩下的只有明白的欲望和粗鲁。更何况，我对肖禾从来就不曾发生“脆弱的柔情”，事后我甚至怀疑那张小字条是她自己写的，她假借别人之口说出了她想要我做的，我则利用了这“假借”。我的虚荣我的好奇我满脑瓜的胡思乱想和这“假借”纠缠在一起，助我完成了这初次的毫无意思的体验。为此我憎恨肖禾，她的手段使我领略了也丧失了我应该体味和享受的一切：细致的顾盼，美妙的暗示，彼此相见时那心花怒放的情绪，甚至平淡无奇的琐碎对话。

后来我等到了大学录取通知书去了北京，肖禾没有等到。四年之后我大学毕业又回到北门市，肖禾早在北门市一所大学的实验室找到了工作。我们仍然是邻居，在校园里肖禾仍然被人想入非非，其中有涉世未深的学生，也有稍具阅历的教师。有一次她坦率地告诉我，她已经和几个男人有过交往，他们使她体味了这件事情的快乐，也使她学会了如何快乐。她却因此而更加想念我。她要弥补从前我们那苦涩而又尴尬的经历，她要像个真正的女人那样把我应得的一切给我。每次见面谈话，我们都是先绕着这个主题，可结果还是归到这个主题之下。说这话时她已不像当年那么拘谨、生硬，却仍然吮着大拇指，有一瞬间我觉得她像个淫荡的白痴。白痴并不是不能激起人的欲望，有时候在街角垃圾桶旁坐着的女乞丐、女傻子会莫名其妙地引起男人理直气壮的冲动，使我相信人有时候会有一种自然的企盼淋漓尽致地亵渎自己的妄想。

肖禾并不是乞丐、傻子，她所以又激发起我的兴致，正因为她声称她和除我之外的一些人干过，而他们给了她快乐。这使我恨不得立刻将她按倒在地讨伐她，以证实我的出色。此时我的状态好比两个为了吉尼斯纪录而比赛喝啤酒的人，起决定作用的并非他们对啤酒的爱，而是战胜对方的渴望。肖禾就是啤酒，我必得通过这啤酒来挽回从前的手忙脚乱，从前的羞涩腼腆，从前那一声虚假做作之至的"亲爱的"。

我们重复了那个下午的事情。事后肖禾夸奖了我，她甚至激动得哭起来，任鼻涕眼泪乱七八糟地往下流。她说她相信这几年我肯定也有过女伴，但她不在乎，她要用跟我结婚来证实她的不在乎——这时仿佛我又成了那比赛中的啤酒。

我还不想结婚，尤其不想同肖禾结婚。她的坦率能勾起我的性欲，她的坦率也使我比任何时候都更加明确了：我不要这个女人。

这个女人却打定主意要跟我，到处散布我和她睡觉。她想用睡觉来证明我和她关系的严重性、深刻性。有时你确实觉得性行为和睡觉有所区别，人世间大部分性行为是达不到睡觉的深度的。一个男人和一个女人真正心甘情愿、坦然无忌地睡在一起（这里的睡没有性的意味）是不容易的，这很可能是人类最难的几件事情之一。肖禾把它看得过于轻易，她轻易就想用睡觉的舆论来迫我就范。在那些日子里我成了厚颜无耻的不负责任的诱骗女性的公子哥，我的父亲也多次规劝我要认真地对待生活。我无法向世人表明我的认真，倘若我说，除了肖禾我还和好几个女人"睡过"，但我并没有通过这些"睡"找到爱情，因此我还在继续寻找，而这正是我的认真之处，他们肯定会大骂我的下流。

说到对待生活的认真，我母亲可说是个典范。她在规劝我娶肖禾时，除去列举肖禾的诸多优点，还指出肖禾的人中长得又深又长，说这种女人生育能力强并且头胎多半是儿子。这话的含义虽不再是中国民间的“多子多福”论，起码也是暗示我，肖禾女人特征之出众吧。我立刻想起“洋马”那个外号，而我的母亲则是牲口市上的行家。

很长一段时间我被肖禾忽而软忽而硬、忽而悲戚万状、忽而强悍野蛮的行径包皮围着，我甚至惧怕听到楼上她家传来的脚步声，不管那是谁的脚步都使我一律想起马蹄得得，这“马蹄”还使我开始厌恶我生活的这座城市。

人是可以因了厌恶存在于这城市中的一个人，继而厌恶整座城市的。我已无法容忍北门市，我花费了两年的努力，才从北门搬到南门。

南门市被很多人看作单调、乏味，甚至连自己的口音都未形成的城市。她的历史短暂，不像其他城市那样，总能从犄角旮旯找出点儿历史的痕迹：一块石碑啦，一间小庙啦，几处名人的公馆啦……便值得骄傲了。倘若基建时再挖出几个坛子罐子，一座城市就更加非比寻常。南门没有这些，基建挖坑时连块古瓷片也没见过。但这并没有妨碍南门市成为一个大城市。她没有阅历，也就没有包袱；她拿不出值得子孙后代骄傲的古董，也就不那么任性。不那么任性，才使南门市能够更快、更少麻烦地接纳新事物：房地产、高科技开发、三资企业、股票市场接踵出现，乃至聘请外国专家规划市容，街上连自动柜员机也有了。而大批外地、外省人的流入，终于使南门市有了自己口音的雏形。这是一种以原装南门口音为基础,杂以京、津味道的“普通话”。所谓原装的南门口音,实际是一百年前这块土地上种棉者的乡音,那时南门尚是几十户人家的小村。那乡音有点儿生硬有点儿愣,但对话极为简练,有着直出直入的风范。比如有骑车者在街上撞了人,警察过来干预。

警察问:“为什么撞人?”

南门人答:“莫(没)铃儿(指车)!”

警察又问:“为什么不安铃儿?”

南门人答:“莫(没)空儿!”

九十年代的南门口音里,“莫”已经进化成了“没”,这种对普通话的质朴向往和顽强靠拢还使南门人养就了较为厚道的待人习性。他们不排斥外人,因为实际上南门是个被外人占领的城市。它无法引人怀旧,却能诱人寻找机会。我常常以为在一个充满怀旧意蕴的古老城市,机会终究不会太多。特别像我这样一个揣着狼狈的麻烦从故里逃脱的人,更是愿意在一个彼此纠缠不深的环境里寻找我的一切可能。目前我在一个被称作设计院的大单位工作。

我为之服务的这家设计院是个颇具规模且保密性很强的单位。据老同事们讲,过去各科室、各车间之间都不了解彼此的任务,外人进院办事,要自带档案。由于它的规模和性质,使它地处南门市的最边缘,与郊区的乡村土地接壤。它仿佛是被南门市抛掷出去的一个庞然大物,又仿佛是南门市继续向外扩张自己的一个急先锋。连接南门市与这“急先锋”的,是每隔二十五分钟开来一辆的公共汽车。汽车把粉末儿一样干细的黄土带进市区,又从那里载回一些大院里我已熟悉的面孔。除非特殊需要,我难得乘公共汽车去浏览一次市区,因为这设计院好比一座微型小城,吃、穿、用、玩的设施基本齐备,它无时不在告诉我这儿就是我需要的一切,何必要用乘公共汽车来证实你在南门市的存在呢。我只乘公共汽车去过一次市中心的大仑酒店,一位大学同学发了财,路过南门市在那儿请我吃饭。

这同学是倒腾电脑发起来的,身边伴着一位女郎。女郎脸上涂抹着疲惫的脂粉,脖子上争先恐后地绕着好几圈金项链。我以为这是他的太太,他却大大方方地告诉我说不是,但比太太更亲密。女郎大腿压在二腿上直乐,两条腿神经质地抖个没完。这同学问我是不是已经给什么人做了丈夫,我说没有,他说这就对了——不过就算当了丈夫也用不着怕谁。什么叫丈夫?丈夫丈夫就是一丈之内是你的夫,一丈之外立即作废。那天我们吃了不少也喝了不少,彼此又说了些哥儿们义气之类的废话,一瞬间我感到我自己挺没意思。

当我从酒店乘车归来,当汽车驶出市区,我在车上遥望着矗立在原野上的设计院那白色的楼群,它就像行走在平静海面上的一艘巨轮,衬托着它的似乎将永远是风平浪静。

我打算就在这“巨轮”上从容、自在地活上一阵,而且我已经在这里发现了几个有些姿色的女性,比如设计院幼儿园的一个阿姨——后来我知道她叫林林。这是个黑眉毛白脸的小个子姑娘,在人前装得文文雅雅,领着孩子们在甬路上散步时,走到僻静处就伸手到白大褂兜里摸零食吃。或许正是这个摸零食吃的动作吸引了我,使我有时候很想把她拥在怀里,像喂孩子一样喂她吃点儿什么。这个俗不可耐的想象总鼓动着我寻找机会接近林林,比如算好时间故意在她带孩子散步时走过来。那时我装得步履匆匆，"匆匆"到简直就像没看见身旁有一队孩子和一个漂亮姑娘。有一次当我一无所获地白白穿过了林林的队伍，在我身后却突然爆发出孩子们齐声的招呼："叔——叔——好！"我无比激动地回头看林林，她正低头弯腰给一个孩子擦鼻涕。她装作对一切浑然不知，那仅仅是装作，我怀着百分之百的把握想。果然，当她以为我已远去时就慢慢抬起头来，我正好放肆地迎住了她的目光。她很矜持地冲我笑笑，只有我知道这分明是久已对我有过观察的笑。假如不是这期间我出了点儿事，很快我就会邀请她去我的单身宿舍做客了，但事情就出在我的宿舍里。

起初宿舍独属于我个人，也许正因为它曾经独属于我，才使我产生搂着幼儿园阿姨喂她零食吃的念头。但好景不长，正当我和林林有了交往可能的时候，这宿舍不再独属于我，行政处给我塞进来一个名叫罗欣的人，从此这个戴眼镜的孱弱的瘦子成了我的同屋。我得承认罗欣基本是个善解人意、不惹是生非的"舍友"，而且他对我有一种莫名其妙的敬意。每当我坐在自己桌前翻着闲书喝几口白酒时，他总是拿出他的啤酒很诚恳地说："喂，喝点儿啤的吧。"我讨厌有人把啤酒说成"啤的"，但我竭力压抑着心中的厌恶，竭力谴责我这种挑剔他人用词的毛病。况且罗欣与我相比真是不堪一击的样子，若是将他剥光了去给画家当模特儿，画家们肯定无法找出他身上的哪块肌肉在哪儿。于是我可怜起罗欣，捎带着也可怜起他那句"喝点儿啤的吧"。

但罗欣的另一个习惯却使我越发不能容忍，便是他每晚必须一次的洗涮他的那个玩意儿。为此他的床下总备着一个稍大于饭盆的搪瓷小盆,盆内总扔着一块乌七麻黑的小毛巾。我相信这绝不是出于卫生的需要,因为离我们不远就有浴室,每晚我们都可以去洗热水澡或冷水澡。罗欣的洗涮在熄灯之后。当月光透过轻薄的窗帘使房间从漆黑一片转向朦朦胧胧,罗欣便蹑手蹑脚到床下取他那个小盆,然后是一阵撩水声。那声音谨慎而忸怩,那声音使我辗转反侧,使我常像遭到猥亵。我想发无名火,想探出谁是罗欣的未婚妻然后赶快把罗欣的事告诉她。我还想出其不意地把罗欣痛打一顿,最好就在他正洗得起劲儿的时刻。后来打人的念头终于把我弄得十分快乐,浑身的肌肉一阵阵发胀。一日,当罗欣又在使用他的小盆时,我一跃而起"啪"地拉开了灯。正蹲在屋角的罗欣吓得跳了起来,双手捂住腿裆。当他想拽过一条毛巾围住自己时,我几拳就把他打出了门。罗欣的眼镜跌在地上,使他连还击都找不到目标。我一边痛打罗欣,一边不忘将他那小盆踢到走廊。我的举动惊醒了熟睡的人们,当我被保卫处的人强行拽走时,罗欣已是鼻青脸肿。我一路后悔着没有踢到他的裆里。

我打罗欣,实属蛮不讲理,便想闪出一朵道德的火花——自己把责任完全担起来。当保卫处审问我这次事件的原因时,我对罗欣那个毛病只字未提,只说是因为我晚上喝醉了酒。后来保卫处、行政处(可能还有院领导)研究对我的处理,我便写了该写的检查,接受了该接受的处分。我毫无怨言,最后只声明一点:决不搬回宿舍去住。行政处问我不回宿舍回哪儿,我说去看仓库。

设计院的这个仓库,是一座远离办公楼区、紧挨院墙的独立建筑,灰砖三层楼。我早就注意到平时很少有人光顾这里,这使它显得孤立而冷清。原以为这库里存放着单位的一些秘密,其实不然,这里塞满了早被替换下来的桌椅、柜橱、旧床和铺板,像个家具库。徜徉其中,我常常百思不得其解:一座住房紧迫的城市,为什么能够容忍一座好端端的楼房专供存放破旧的桌椅?这些蒙着厚厚灰尘的桌椅乱七八糟地相互交叠着腿脚,像是一场恶战刚刚开始,又仿佛它们从前的主人无休止地争论之后留下的遗迹。主人中有的虽已故去,但灵魂还会在夜深人静时飘游而来,寻找他或她坐过的椅子,寻找他或她存放过秘密的带锁的抽屉。或者还要寻找他或她用过的某一张床,回味发生在床上的他们那不可言说的事,好比我同肖禾发生在她床上的那样。你可以永远不理睬这些灵魂的飘游,但你却不要妄图毁灭这飘游本身。越是貌似没用的家什,对人越是有一种不可言说的威力。因此看守还是必要的,派专人看守这满楼的烂木头虽说有点儿煞有介事,却也显出了一种庄重和正规,谁能保证那些家什有一天不会拔腿出来给社会添乱呢?

当我进驻了仓库,才知道或许我是第一个正规看守它的人,也才知道行政处为什么挺痛快地答应了我的请求:这仓库其实就没人看守过。这意味着我忽然获得了一种无边无际的自由,有的是桌椅供我用,床也任我挑,可以打着滚儿地睡了这张睡那张。我携着行李来到行政处指定给我的房间,房间在三楼。这里的桌椅相对少一些,使我从门到窗户可以顺畅行走。共有三张单人床可供我选择,我毫不犹豫地把行李扔在靠窗的床上。这时我才闻见满屋子那种辛辣、潮湿的尘土味儿。我用力推开几乎锈住的窗户,正对着这窗户的,是一个用钢窗封起来的明净的后阳台。后来我才知道，这是南门市医学院的一座宿舍楼，我的仓库与这幢宿舍楼仅一墙之隔。距离是如此地迫近，以至于我都能闻见对面阳台上做饭时飘来的阵阵米香。米香飘过来，迫使我朝着有米香的地方观测。我看见对面阳台的煤气灶上有一只中型不锈钢锅，有气从锅里冒出来。那么，锅里煮的肯定是大米粥。后来，锅开了，乳白色汤汁顶起锅盖往外溢，引出一个披头散发的女人。她从房里（厨房）冲出来掀开锅盖，热气还嘘了她的手，她奓起手来放在嘴边直吹。

我目瞪口呆。

我所以目瞪口呆，是因为这个女人只披了件浴衣。所谓"只"，是因为她实在是光着身子的。她冲出厨房时，裸体就被我一览无余。我觉得眼前很亮，像被一个东西猛地那么一照。常有消息说，一种天外来的飞碟就是赫然放着光明一划而过。她放着光明一划而过，但还是给我留下了观察的机会。我猜她不再是情窦未开的姑娘，有三十吧，三十出头吧。但她体态很棒。棒，不光是美。有人很美但不棒。她的脖子、乳房、肚子、大腿……我看到的一切都很棒。这使你觉得最打动人的女人不是美，实在是棒，男人的目瞪口呆只能是面对一个棒女人。面对肖禾我从不目瞪口呆，还没有女人使我目瞪口呆过。

我开始研究她的行为逻辑，发现她那一头湿漉漉的短发。她显然是正在洗澡，想起阳台上的锅，才迅速从卫生间抓件浴衣就奔了出来。那么，是什么原因使她不把浴衣穿好呢？显然，她早就知道她面对的是一座从无人问津的大仓库，她完全可以对它视而不见。于是她放心了，无拘无束了。人在放心时，在无拘无束时也愿意把自己暴露给自己。

这是五月的一个黄昏,南风把麦子吹黄的季节。麦海在这陈旧仓库的周围汹涌。我感谢我的选择,感谢行政处为我指定的这个房间。我悄悄地关起窗户,又蹬上桌子拧下灯泡,并且把灯绳用力拉断。我愿意在黑暗中生活,愿意让对面——以后我一直这样称呼她——以为她面对的仍然是一座被大自然包皮围着的老仓库。

我在北京念书的第二年暑假,因为无所事事,就受了一则电视广告的怂恿,乘火车去两百公里之外的一道大峡谷旅游。在峡谷入口处,我和当地向导因为价钱发生了争执,这时有个姑娘赶过来说,如果我不介意可以与她合雇一个向导,每人就能少拿一半儿钱。我看了她一眼,立刻表示同意。我已断定在我和她之间注定要发生点儿什么。她是合我心意的那种女性,不张狂也不忸怩,身材瘦削,脑后束着马尾辫;脸上的两三粒小黑痦子使她的面孔显得俏皮、动情;眼睛不大但挺亮,总像在为什么事而激动。

我们走进凉森森的峡谷,陡峭的崖壁上正盛开着浓密的海棠花,远看去像飘逸的云。底处尽是鹅毛笔一样的羊齿苋和叶片圆圆的独根草,逆着珍贵的阳光,它们格外剔透。向导是老实巴交的当地农民,操一口当地土话,舌头该打弯时打不过弯来。他笨嘴拙舌地给我们介绍完海棠花和羊齿苋,又讲起当地的故事传说,许多故事都和明朝的朱棣(燕王)联系着。有一个故事说,燕王扫北时,这峡谷周围的山村野舍也颇受兵荒马乱之苦。一日他正率兵骑马追赶闻风而逃的山民,发现一个逃命的妇女怀里抱着一个大小孩,手中牵着一个小小孩。燕王心中奇怪,勒马问那妇女,为什么让小小孩走路,却把大小孩抱起来？妇女说小小孩是自己亲生的，大小孩是丈夫的前妻所生。燕王听后感慨万端，惊奇这穷山恶水之中竟有如此善良仁义之人，随即告诉妇女不必再出逃。燕王让她回村后在院门口插一桃枝，士兵见到桃枝便会绕过她家。妇女回到村里却将此事挨家相告，第二天燕王的队伍一进村，发现家家门口都插满了桃枝，燕王只好命士兵放过整个村子。后人为了纪念这妇女的德行，年年四月都在门口插桃枝，久之，又将桃枝换作了桃符。

我只对这故事的后一半感兴趣，春风和煦的四月，在一个荒僻的山村里到处插满着含苞欲放的桃树枝，这景象颇似美国那个著名的故事——“幸福的黄手帕”，使人觉得再过一百年当它被人重复时，依旧会充满一种激荡人心的吉祥境界，一种人类心心相印的古老魅力。我对故事的前一半颇不以为然，觉得那女人对待两个孩子的态度实在做作。何必呢，为了向世人证实自己的贤惠，偏要费劲拔力地抱着大孩子，却将一个没有行走能力的小孩扔在地上。若将两个孩子的位置换一换，说不定母子三人都能逃脱追赶——当然也就没有了这故事的后一半。

向导弯腰拔了一棵蝎子草，告诫我们不要碰它，它的叶面有一层毛刺，人的皮肤碰上去会立刻红肿一片疼痛难忍。说有些游客不知蝎子草的厉害，蹲在石头后边拉完屎就拿它当手纸用，他亲眼见过他们是怎样被蜇得一蹦老高，眼里转着泪花哇哇大叫，蝎子草的故事令我和她很开心，我们俩大笑起来，我趁她笑得浑身颤抖时伸手扶在她的腰上。她对这试探性的一扶没有显出介意，似乎不知不觉，我随即用力搂住了手下那一围纤细的腰肢。

我闻到她身上一股好闻的气味，像青草，像小溪撞在石子上溅起的那种凉味儿。我低头问她用的是什么香水，她说她用的是水味儿香水。怪不得我闻见了水味儿。这更叫我对她另眼相看。

当我对自己向往的姑娘揣摸不准时总是焦虑和急躁，总是盼望着一件事情赶快结束、下一件事情赶快开始，好让我有可能继续新的试探。现在我已不再急躁，也没有焦虑，我和她肩并肩地走在一起，心照不宣地说些无关痛痒的废话，心花怒放而又从容沉着地检阅着峡谷。峡谷没有白来，这对我果然是一条幸福的峡谷。我开始悉心品味幸福到来之前的一切琐碎过程，而这过程本身其实也就是幸福的一个内容。

当晚我们合伙吃了晚饭，还合租了当地旅游公司的"鸳鸯帐篷"。帐篷里并排放着两只用来做床的淡蓝色气垫，我们躺了上去，我迫不及待地闭掉了吊在帐篷顶上的那支发着灰白光亮的节能灯，刚才围灯飞舞的小虫们立刻就在脸上碰撞起来。我带着被小虫子碰撞的激情去触摸黑暗中的她，她说："先别，先说点儿别的。"我闻着她的气味问她别的什么，她问我是不是读过那么一篇小说，她说出小说的名字和一个有名的作家。很可惜我没读过这篇小说也没听说过这个作家，但我却一叠声地说着我知道我知道。此时我想用我知道我知道来打断她可能要开始的讲述，因为我已热血沸腾，我已按捺不住地想立即得到自己要得到的。她却完全不顾我的热望，一味地自言自语般地讲起那个小说：一个男人和一个女人在一艘客轮上偶然地相识，当客轮停泊在一个热带小岛时他和她心照不宣地下了船，他们在岛上的一家小旅馆度过了销魂的一夜。第二天当男人醒来时女人已离他远去,船也离岛,船带走了那于他来说无比亲近又万分陌生的女人。他甚至不知她的姓名,只在他们温存过的床上找到一枚她失落的发针。于是那发针一直陪伴着这男人,他终生都在渴望通过这枚发针找到那个他心爱的女人。

我们都被这个故事弄得失魂落魄,一时间我们都成了小说中的人物,彼此相爱又永不相知,说不定明天早晨这帐篷里也会留下她的一枚发卡。她的故事引导着我尽可能做到既风流又温柔,在她这浪漫故事的笼罩下我刻意使自己让她满意。但是也许我太年轻了,年轻到还没有学会如何疼爱手中的女人,我一味地折磨她使她从自造的浪漫中回到了现实。她开始指责我,说你是多么地粗糙啊!她的指责深深地刺伤了我的自尊,好像我一下子成了她在感情上的试验品。我粗糙,那么就必然有比我细致的。我忽然像憎恨肖禾一样地憎恨起她,而男女之间气氛的突变是难以快速转换的,它必须要一方首先做出牺牲。我做出了牺牲,暂时牺牲了我的自尊又一次亲近了她,但先前的浪漫就化作了生理上单纯之至的达到目的。这时她小声告诉我说现在是她的危险期,要我保证决不给她带来麻烦。我说我一定保证保证一定,然后我们就像两个签了约的人那样大松心地度过了后半夜。最后,最后我终于淋漓尽致地将“麻烦”带给了她。也许当我向她做过保证后就决心要麻烦她一下了,在这件事上男人永远掌握着主动男女永远无法平等,而我使用的这个卑劣手段正是要报复她对我的“粗糙”的指责。

第二天早晨我醒来时她已经不见了,属于她的那只淡蓝色气垫上果然遗落着一枚黑发卡,正符合了小说里的情节。

这种故意的遗落使我觉得我真的又一次进入了圈套,虽然她的圈套远比肖禾的圈套要高雅。使她感兴趣的不是我本人,而是在一种特定氛围中的我。当我配合着她完成了她梦幻般的经历,确有其事地把她变成了她盼望成为的小说中的人，我的存在便已不具意义。如果在我制造麻烦的一刹那内心曾对自己生发过谴责,那么这事后的分析使我变得坦然了,我甚至原谅了自己从一开始就对她抱有的不负责任的企图。

我捏起那枚发卡,发卡上还挂着她的一根头发。我再次意识到我永远不会看见她了,假如由于我,她身上真的有了麻烦,也永远没人来逼我负责。一切正因了她的浪漫,正因了我们彼此终不相知。这念头令我窃喜,又使我微微地不安。当岁月流逝我粗糙的心灵变得有了一点儿细腻的模样,我才敢正视我曾经多么地虚伪和下流。

那枚发卡被我揣在口袋里,没出半个月我就掏出来扔了。我可不想跟那篇小说里的男人一样,捏着个发卡捉迷藏似的把那女人找上一辈子。我庆幸自己连她的姓名也没问,只记住了那意味深长的桃符。

我的对面通常在早晨六点半钟推开阳台的窗子,这使得本来爱睡懒觉的我也随之调整了作息时间,我愿意赶在六点半之前起床。

我看见她穿着只有两根细带子的白色睡裙来到阳台上,乳房在睡裙里若隐若现。她的眼里分明还带着朦胧的睡意,这使她在挂窗钩时,手显得很不准确。打开窗户她便闪回房间,我的视线也跟着穿越阳台,穿越厨房大开着的门向里跟踪。她已弯进卫生间去洗漱自己，我只能看见一小段走廊和厨房对面那个房间的一角。那个房间也经常开着门，有一块棕红色发亮的东西贴墙而立，好像是钢琴的一个侧面。

这时对面又出来了，头发整整齐齐，满脸湿润的新鲜，我觉得我甚至能闻见她嘴里的牙膏味儿。她带着一身新鲜开始点着煤气灶热奶，热完奶就用平底锅煎鸡蛋。从时间上判断，她把鸡蛋煎得很嫩，煎完小心翼翼地用木铲盛进盘子，像是怕破坏鸡蛋的完整。她这种对待食物的认真态度，叫人立刻想到家里正坐着一位等待她伺候的丈夫，可是一连数日她家就她自己。

对面把阳台改作厨房，和阳台毗连的厨房却被布置成一间小型餐室。我看见她坐在高脚圆木凳上吃早饭，就着光明可鉴的白色操作台。晚饭时她才坐在餐桌旁边。尽管独自一人，对于进餐的形式她也一丝不苟，台布、餐巾、筷子、刀、叉，秩序从不紊乱。当牛奶正冒着热气时，便有面包皮片从一只小匣子里跳出来。我知道匣子叫作吐司炉，能把面包皮烤得微黄，我在北京时认识了它。她吃得挺多，挺仔细，然后常以一个西红柿作为早餐的结束。她仿佛从来没有厌烦过这种在常人看来十分讲究的早餐形式——我欣赏她的讲究；这也是文化之一种吧，我常常研究是什么经历培养了她这种半中半洋的吃饭习惯。我听说过“大家闺秀”这个词，可我接触过的女人实在连“小家碧玉”也算不上，有时我突然觉得，她们只配用蝎子草当手纸。后来天气渐渐变热，她的穿着也越来越简单，身上被遮挡的常常只有那三点。对于那三点，与其说是为了遮挡，不如说是为了特意暴露。设计这些只用来做遮挡的玩意儿的人实在是聪明，它们给人类增加的色彩，实在不仅仅是这些玩意儿的本身。

面对这个讲究到极致的随便或者随便到极致的讲究的女人，我常常怦然心动。奇怪的是我并没有要结识她本人的打算，我只想知道她的来历她的家庭她的丈夫和她的孩子，我像等待灾难一样地等待着他们。但，这个家里从来也没有出现过丈夫样的人和孩子样的人，于是我又猜测她的丈夫正在出差，而他们可能还没有孩子。那么，在医学院工作的究竟是谁呢？房主如果是她丈夫，什么事情使他连续一个多月（我已有一个月的看守仓库的历史）外出不归呢？如果是她本人，为什么她经常不回家吃午饭——在医学院工作意味着有条件回家吃午饭。如此说来，在这所大院里工作的还是她的丈夫，她应该另有职业。

我一时看不准她的职业，我看到的仅仅是她在厨房里和阳台上那些微乎其微的作为。

她剥葱剥蒜、擦洗煤气灶；她也美容，有时候她会戴着一张敷了面膜的大白脸站在阳台上削土豆皮，像鬼怪，却令我感到亲近，似乎这是她专为我而扮的一个“鬼脸儿”。

还有一天，我看见她在家里整整忙了一个下午。她收拾鱼、肉，把杯盘弄得叮当直响。她肩上搭条毛巾，不时拽下来擦脸上的汗，稍有空闲便翘起手指欣赏自己手上的戒指。这使我想到，她的忙活一定和这枚戒指有关，她的忙活应该是为了迎接一个人，一个送她戒指的人。这人绝不是她的丈夫，迎接丈夫用不着如此郑重，我想。果然，她在餐桌上摆了两套餐具。

天色暗了下去，我缩在窗前把自己埋没在黑影里，其实我的身体并不曾缩着,“缩”只是人在暗处的一种形象感觉。身在暗处窥视他人,这本身就有一种缩头缩脑的味道。我缩头缩脑地等待着,就像等待电影里一个跌宕的情节。

当对面的阳台灯火通明时,我的视线里终于出现了一个高个子男人。他静悄悄地出现在对面厨房里,出现在对面的身后。他伸出双臂猛然拢住她的腰,就势歪过头吻住了她的脖子。对面的手中正攥着一只尚未打开的酒瓶,她胡乱地把酒瓶放在桌上,试图转过身去拥抱这个男人。这男人只一味地拥挤着她,不许她转身。这举动,这景象,再次证明我的判断是对的:这人绝不是她的丈夫。中国的家庭没这规矩,没这层次。回来就回来,放下手里的东西该干什么就干什么去,吃饭就说吃饭。冷不防,她终于转了过去,他们立刻抱在一起,没完没了地接起吻来,吻到不可收拾时,他把她抱起来离开了厨房。

当他们再次出现在厨房时显得平静多了(干完了)。他们坐下来喝酒、吃鱼。他们吃得很香,很少说话。冷清时(我猜)就停下来隔着饭菜亲吻一下,他的一只手握住她的一只手(那戴着戒指的手)。

我站在窗前感受到双重的饥饿,却在心里起劲儿地笑这一男一女的煞有介事。我再次揣测那男人绝不会是对面的丈夫,直到有人怯生生地敲门。

这是我住进仓库后所听到的第一次敲门声,但我不想开门。我默不作声——屋里既然没灯,有人没人谁看得出来?敲门声却持续地响着,并且有人叫着我的名字。我听出是林林,才摸着黑开了门。林林站在门口不进来,说:“你怎么不开灯啊?”

这使我无言以对,因为从来也没人问过我这个问题。但对于一个正派的女孩子，这个提问是再正常不过了。现在我不准备回答她的问话，只想先把她拽过来。我拽过了她，把门反锁上。不用问，林林对我连打带骂，她骂我是流氓。但她的骂声很快就消失了因为我用我的嘴堵住了她的嘴。我把她紧紧抱在胸前任她像条愤怒的小蛇、小猪一样扭来扭去。拥抱林林堵林林的嘴，这实在是个权宜之计，我不愿意让她和我一起看见对面的阳台。就为这，狗急跳墙，我"跳"到了林林身上。果然，林林一慌便什么也看不见了。我还趁机对着林林的耳朵说："你知道我和罗欣为什么打起来么？就为了你。"林林不再那么惊慌失措了，但仍要从我怀里挣脱出来。这时我觉得一个硬邦邦的东西直撞我的腿，顺腿摸去原来是一只饭盒，是林林提着的一只饭盒。林林趁势挣脱我说："你让我出去，这饭盒给你。"只听咣当一声她把它放在桌上。

房间忽然比刚才又黑了一层，我发现这是因为对面阳台已经熄灯。我放下心来，一场虚惊总算过去了。可林林没有走，黑暗中我看不见她的表情，只听她再一次问我："你为什么不开灯呀？"我说灯泡坏了再说开灯招蚊子，再说多一个灯泡多一分热。林林不再提开灯不开灯的事，只告诉我饭盒里是馅儿饼。我摸到饭盒拿出个馅儿饼咬了两口，仿佛我早就在等着她的这盒馅儿饼似的。我请林林坐下。

林林在黑暗中挨我坐了下来，问我刚才都说了些什么。显然，黑暗中的一切使她产生了惊险的愉悦，才迫不及待地追问我刚才的话。我只好又重复一遍关于我和罗欣都对她如何如何。她叹了口气（我想这是得意的一叹），说只感到我对她有意思，没想到罗欣。她问我愿不愿意她常来看我，我说我当然愿意，不过最好晚上别来，中午比较合适。她问我晚上怎么啦?我说,怕对她不好,没灯。对我倒没什么。她小声儿笑了,说:“只要你高兴就行。”这是句会说话的女孩子的话,会说话的女孩子都会这么说。分手时,她站在门口连连说了几次“我走了”,这当然是一种暗示,暗示我重演她进门时的那一幕。但我只是替她开了门,摸了摸(不是握)她的手。林林唰唰唰地大步下了楼,我觉得筋疲力尽。

月亮升起来,对面还是一片漆黑。我躺在床上想着刚才的一幕幕,想着对林林的一次“权宜之计”换来的将是什么?肯定是她将不断提着馅儿饼来看我的事实。想了一会儿即将来临的“事实”,我又想起了对面的明天,明天,出现在对面的将是一个人,还是两个人?

天刚亮我就从床上坐起来,觉得嘴里又苦又臭。可我不想刷牙洗脸,我一动不动地盯住窗外。

对面的窗子打开了,又是挂好窗钩,又是消失,又是对自己的漱洗,又是有秩有序的早餐。看上去她心绪很好,饭后又从厨房拎出高脚凳,登上凳子擦玻璃。她穿着一件旧衬衣和一条短裤,她哼着歌,翻来覆去地总是那么一句:“咕咕、咕咕……”像鸡叫。但她的口形却因此而变得有意思了,仿佛正热切地亲着什么。

那个男人没有出现,我的猜测已得到证实。他不是她丈夫,他没有在此过夜。他们只是熟人,熟到他随时可以来,随时可以走。我心中却突然一阵阵疼痛。

念大三时我有过一次比较正式的恋爱,我喜欢低班一个名叫尹金凤的女生。有一回宿舍楼洗漱间的下水道堵了,污水溢到走廊里来。男生女生们都奓着胳膊叽里呱啦地叫，只有尹金凤挽起袖子脱了鞋，光脚走进洗漱间，掀开下水道篦子伸手就掏，掏出一大堆烂头发、牙膏皮什么的。脏水泡着她白净的脚丫，原来尹金凤长得很出众。很快我就打听到她是从边远山区考来的，正应了"深山出俊鸟"那句俗语。

我开始追求她，一边得意着我的眼力。她很少参加校内娱乐活动，整天泡在图书馆看书。我于是也追她到图书馆，我们终于友好地认识了。我惊奇她的普通话讲得那么好，只有细听才会发现个别咬字的发音带着山里味儿，比如她老是把"二"念作"恶"。但这更使她显得娇憨似乎在无意识地对人撒娇。她坦率地向我讲述了小时候贫穷的日子，说那时吃不饱饭，她们兄弟姐妹五个人，每天中午放学后都比赛着往家跑。谁先到家谁能抢上锅里的稠米汤，谁后到家谁就捞不着米了，盛到碗里的只是汤。学校离家有三里地，每次他们都跑得上气不接下气。她的讲述更激起了我"骑士"一般的热望，我多么乐意尽我的所能使她永远不回首那抢着喝稠米汤的日子。我频繁地送她东西，有一回甚至把母亲家传的一枚翡翠项坠偷出来取悦于她。我记得那次她抱住我大哭起来，当时我也很激动，我为她擦着眼泪试图去亲她的脸，但她很警觉地推开了我。她对我防范很严，这种防范更把我折磨得六神无主，这段时间一个名叫表妹的人又掺和了进来。

这表妹其实是我同宿舍的表妹。表妹的父亲是个做化妆品发了财的企业家，他们那个化妆品系列里有一项还得过布鲁塞尔尤里卡发明奖。不过用表妹的话来说，中国的化妆品就像中国的酒一样，都在某个地方得过奖。她经常提着一大袋子男用面霜、粉刺灵什么的到学校来送给一些人，唯独不给我。这举动常常把我弄得很忐忑。有一次我问她为什么不送我，她说因为我爱你，怎么能把白拿的东西送给心爱的人呢？我会送你东西的。

表妹开始送我东西，我也开始接受表妹的东西，其实我接受表妹的东西是为了拿过来转赠尹金凤。手表、打火机、运动鞋、真皮钱夹、名牌衬衫……我无一遗漏地都送到了尹金凤手上。我让她寄回山里老家，说这是我给她兄弟姐妹买的。表妹接下来就开始约我吃饭，去"肯德基"，去"王府"，去"香格里拉"。有一次在饭桌上，她竟然把一粒樱桃叼在嘴上让我用嘴去接，这动作有点儿刺激，却把我弄得非常别扭，一时间仿佛她嘴里叼的不是樱桃而是褫布——就算是樱桃，我怎么能咽下一个陌生女人嘴里的东西呢，这大不可思议了。我装着没反应，表妹倒也没生气，嚼着樱桃说我没见过世面。我心想这动作也配叫世面？

表妹继续向我进攻，有一回约我出来在"昆仑"吃饭，当着我的面，她花八千块钱买了一条24K金的蓝宝石项链，说是送给我母亲的。我推辞不要，表妹云山雾罩地说，不要就是看不起她爸。她告诉我，她爸爸最近跟她谈了一次，说他们家有的是钱，表妹嫁人就不要再嫁给钱了，最好嫁给知识，知识加钱，两辈子花不完。

我不得不佩服这个做雪花膏的老家伙的远见，我也十分地明白这表妹简直是提着一条宝石项链向我求婚。可我的心里只有尹金凤，假如她那个野天鹅一般的脖子上有这么一条项链该是多么不同凡响！我不记得那天我究竟说了些什么，只记得酒后的我们跌撞着来到她家,进了她的房间,上了她的床。过后我提着那条项链想:我这不是做了一回男妓吗?

第二天我迫不及待地把项链献给了尹金凤。当我亲手将它围在尹金凤的脖子上时,我对她第一次产生了不可扼制的冲动。这冲动也许是基于我对自己的怜悯:我觉得我付出的太多太多了,我需要回报需要尹金凤的亲近。我给她戴上项链就去扯她的上衣,谁知她扬手给了我一个耳光,那一刻我才算真正领教了山里人的力气。有一会儿工夫我眼冒金星什么也看不见,尹金凤趁机跑了,临走她小声说:"我会对你好的。"我想,有这样的女人,对这种人你心急不得。

令人可恼的是,在不久以后的新年联欢会上,我看见那条蓝宝石项链竟然戴在一个绰号叫做"一比四"的女生脖子上,"一比四"是尹金凤的同班好友。我忍耐不到散会就把尹金凤叫出来,在操场上我声色俱厉地请她给我解释清楚。她无声地笑笑(即使操场漆黑我也知道她在笑),承认"一比四"脖子上的项链是我送她的那条。她说她所以送给"一比四"项链是在巴结"一比四",她所以巴结"一比四"是因为"一比四"的父亲是北门市副市长——"就是你们那个城市",她提醒我。停了一会儿她又说:"最重要的是'一比四'的母亲刚去世你明白了吧?"

我说我不明白,尹金凤说那我就说白了吧,我要向他们家进攻。

我说这回明白了,你想给"一比四"当后妈。

尹金凤说应该是我想嫁给"一比四"她爸。

有什么不一样吗?我问。

尹金凤说怎么解释都行,反正我告诉你了,这是相信你。

我说那咱们算怎么回事?

尹金凤说咱们怎么了?

(也是,咱们怎么也没有怎么。)

我说,这么说我还得感谢你对我的信任?你一边和我不清不楚,一边又借花献佛想给副市长当老婆。我告诉你,北门市的市民可不把“二”念成“恶”,见面时别忘了先改口音。

我想你不仁我也不义,先污辱污辱你再说。我以为我会激怒尹金凤,她却十分镇静地说,我正在努力把“恶”读成“二”,我还要努力修正身上的其他缺陷。“改正缺点,修正错误”,毛泽东说的。知道我钻在图书馆净干什么吗?我通读了全世界二百多个总统、总理、政治家的传记。我喜欢权力,如果我得不到权力我也得站在有权力的人身边。从小到大我受了那么多罪,只有权力可以免除我再受这样那样的罪——也包括不再受你这样的人的奚落。

我说我……

尹金凤说你奚落我的口音,这才是你们这种人的原形毕露。你以为给我们点儿小恩小惠我们就得把自己献出来?你他妈做梦!

我说这总比又要当婊子又要立牌坊好。

尹金凤说我不是婊子,我还清清白白地留着我自己呢(给那个副市长留着)。你才是婊子,男婊子,“一比四”把什么都告诉我了。戴你的项链还嫌脏脖子呢。

好家伙!我已无地自容。在这个山里姑娘面前我还能再解释什么说什么?她的精明和野心已够我的脊梁骨寒冷一阵子了。分手时我只说了一句“祝你成功”,没想到又招出她一堆话来。她说我会成功的，还记得那次我在洗漱间掏下水道吧，总有一天我会指挥着别人去掏下水道去干这干那，因为我自己干过、会干，我更知道怎么指挥别人干。哎，你等等，你先别走！她叫住我。

我停住脚，她站在我的对面，身子直挺挺的，伸出脖子轻轻亲了一下我的下巴，宛若秋风把一片干枯的树叶吹上了我的脸。亲完她对我说，我说过我会对你好的，言而无信非礼也。

暑假的时候“一比四”邀请尹金凤去了北门市，毕业后尹金凤果然如愿以偿，做了市长太太。

我回到北门市以后，表妹曾经开车从北京来看我。这使我的良心深受谴责，我觉得最倒霉的莫过于这个表妹了，花了钱又献了身。我不想再这么和表妹支吾下去就把实情告诉了她，我甚至还说出了与这无关的从前的事情，比如肖禾，比如峡谷里的浪漫，以证实我的不可救药。表妹说她自己也不是什么好东西，还打过一次胎呢。她挥挥手一副很潇洒的样子，好像以挥手的姿势帮助我赶走了从前那些乱七八糟的纠缠。然后她说我只想告诉你一句话：就算你不爱我，我也不后悔，真的，虽然我这回是真心。

我看见她眼里噙着泪，可她没让眼泪掉出来就开车走了。我回到家来才发现我的桌子上有一千块钱，这他妈是什么意思？想救济我还是怎么的。那时候项链有点儿用，现在钱有个什么用。操你妈！我在心里大骂。我骂的不是表妹，可我得骂一声。

中午林林来了，把自己刻意拾掇了一番，一尘不染的样子。她给我带来几个桃子，据她说都是洗好并用洗涤灵消过毒的。我们俩并排坐在床边吃桃子，一时竟想不出什么话来。我竭力回忆着初次遇见她的情景，就因为她喜欢在背人的地方吃零食，我才想把她拥在怀里喂她吃。回忆给了我一点儿感觉，好像我们已经认识了很久。现在人和零食都在眼前，难道我不该喂她吃个桃子么？我拿了一个桃子送到她嘴边，把手臂搭上她的肩膀。她并不推开我，扭脸看了我一眼，我想我终于如愿以偿。接着我喂起她来，手臂也把她箍得更紧了。虽然我觉得这一切并不十分高级，有点儿俗，有点儿表演成分，可我猜林林还是需要这点儿表演的。

林林大概没有把这看成表演，昨晚我对她的粗鲁加"规矩"也许反而促使她倍加信赖我。她微闭着眼，一口口地嚼桃子，显得心醉神迷。我趁她不备，趁她正心醉神迷，往她嘴里塞了一个桃核。她一咬，睁开了眼，攥起拳头就捶打我。她骂我"讨厌"，还说要打死我。男人等待的简直就是女人嘴里这个"讨厌"，"讨厌"实在是个信号，要是听着"讨厌"再挨上两拳头，就更货真价实了。林林一捶我，我就势往床上一躺说，既然讨厌不如死了算了。林林又给了我两拳，头也顶了过来，顶在我肩膀上、胳膊上，然后便说我的衬衫都馊了，要给我洗衬衫。

一听说眼前的女人要给我洗衣服，我心中一阵悲凉，就仿佛我已经是一个丈夫了。对于"丈夫"，我还是要提高些警惕的。我必须悬崖勒马，适可而止。我们刚正式接触过两次，再过几天说不定她就要替我领工资还得限制我一天抽多少烟。

对面的阳台空荡无人我感到孤立无援。我弄明白了我需要林林就像需要一个妹妹，我愿意逗她开心，愿意她欣赏我适可而止的自我表现——一个好心大哥、“博学多才”大哥的自我表现。但我决不愿意再让她拿头顶我，骂我“讨厌”，事情发展起来会无止境的。那么，我决定把她的注意力引开，比如领她参观这座满是灰尘的大仓库。

我们走进了这仓库的每一个房间。我指着如山的桌椅、如山的柜橱、如山的木床对林林说，这儿是个博物馆，联系着人类学的博物馆。你别以为它们就是桌椅板凳，它们都有各自的生命各自的记忆，人类早就遗忘的事，它们却记忆犹新。我一边说着，哗啦拽开一个抽屉，把林林吓得一激灵。我说不必惊慌，请看这是什么：两张点心票（指甲盖大）是1960年印制的。当时中国正值天灾人祸，所以食品一律凭票购买，点心已成了稀奇，每人每月只能得到一张半斤的点心票。也有不少能人为此毁掉半生的，便是造了假点心票，其罪过如同当今造假钞、走私大麻一样。不过这两张是真的。至于主人为什么慷慨而粗心地把它们遗忘在这里，你能解释吗？

林林做了几种解释，都被我否定了。林林问我：你说呢？我说只有抽屉知道。接着我又哗地拉开一个抽屉，里面有张字条，上写：“四月三日大丽借我奶票两张。”我问林林这又是怎么回事，林林说也是1960年的陈年老账吧。我说并非，那时节哪有牛奶可买，奶牛早被杀吃了。现在的关键是这个四月三日，这个四月三日究竟是哪一年的四月三日，这倒是我们一个长期的研究课题。接着我又拉开一个抽屉，这抽屉里没有点心票，也没有欠条，只在抽屉边沿上刻着几个黄豆大的字“同胞们，警惕小芝”，后面有个惊叹号，刻得最深。我和林林脑袋挨着脑袋看了半天。我说，懂了吧，现在电视台的小品越编越乏味,就是因为缺乏这类线索。这里的每个线索都能编出一个上等小品。

在我的启发下,林林也给我讲了一个和抽屉有关的故事,说,有一个工程师是设计院出了名的怕老婆,经济上没有一点儿自主权,工资全部由老婆代领,花二分钱买火柴都得提前向老婆申请。后来这工程师去南方出差时飞机失事,死了。另一个工程师搬进了他的办公室占用了他的办公桌。过了好几年那办公桌的一个抽屉掉了底,工程师才发现在那抽屉缝里有一个叠成窄细长条的存折。打开存折看看,上面有五千多块钱。你猜那存折是谁的?是死了的工程师的。那死了的工程师是谁?是我爸。

林林说那些钱是她爸发表论文的零散稿费,说现在的抽屉主人当即就把钱送到了她们家。来人以为林林的母亲会喜出望外,谁知她母亲却要求这人把那张桌子的所有抽屉都拆下来看看,说没准儿还能翻出存折来呢。我对林林说你母亲挺叫人扫兴的,林林说可不是吗,如果我是那个工程师,拿到这个存折根本就不往死者遗孀手里交。你好心交给她,她反倒怀疑你指不定还昧起来几个呢,反倒怎么也说不清了。

我说就是,我说这也是一个上好的故事,说不定这桌子就在我们眼前,至于是哪张,也许已经无关紧要。我说林林,现在你应该懂得我领你参观仓库的含义了吧?今后有的是时间,我们应该把所有的家具都做一番调查,说不定能写出一部比“三言二拍”更伟大的小说来。我一边说一边哗啦哗啦地拽抽屉,林林也开始拽。她看上去比我认真,那是因为她比我更相信那个与她们家有关的故事。这拉抽屉的运动持续了好几天,所有房间的尘土都被我们搅了起来,所有的抽屉都已被拽开而我们却不知道将它们合上,致使这座仓库好像塞满了因上吊而吐出舌头的死尸。我们一无所获。

林林对此逐渐失去了兴趣,好几天不来了。我这样折腾她,这样跟她瞎白话,纯属为了排遣和填充午间的寂寞。我实在是厌烦中午,我期盼的是傍晚的来临。

黄昏了,对面亮起了灯,有时是她自己,有时也有那个高个子男人。在我的视野里,我从未漏掉过一次她和他的拥抱、亲吻、说笑,也有过争吵:她从围裙兜里拿出一封信给他看,他看了几眼扔在地上,然后弯腰捡起来再看,看完把信撕掉。她从他手里夺那撕碎的信,脸涨得通红,突然从无名指上褪下那枚戒指开窗便扔了下去。这使我不禁想到,尹金凤即使在给了我一耳光之后,也不曾有勇气把那条宝石项链一并扔给我。我看见那男人惊愕着冲她喊了一声,接着就冲到阳台上和她一起探着头往下看。她闯了祸一般抽身回到厨房,然后就不见了。男人继续向下探着头,我猜对面肯定是下楼捡戒指去了。这时男人脸上渐渐有了笑意,一定是戒指找到了。过了一会儿,对面举着戒指出现在厨房里,男人从她手中夺过戒指,攥住她的手,为她重新戴戒指。他和她都笑了。后来男人就帮她洗碗,她从他的身后为他系围裙,他又扭过头来亲她,像往常一样。

我想,这没什么,恋人(或情人)之间常有的事。但那封信却非同一般,它一定联系着另外一个人。我终于在一个本该是安静的中午发现了对面有新情况。

这个中午林林仍然没来。我无比轻松,洗了两根黄瓜,打开一瓶啤酒，坐在窗前开始吃午饭。这时对面突然出现在阳台上。跟在对面身后的是个男人，这不是那位高个子，这人比高个子岁数大，身体偏胖，也许五十岁，也许五十多岁。他尾随着对面来到阳台，对面向窗外指点着，我猜是向他介绍四周的环境。他有分寸地点着头，然后他们一起回到厨房。看得出这男人对这里并不熟悉，厨房里的一切也令他感到陌生而有趣。他拿起一些瓶瓶罐罐向对面询问着什么，她微笑着回答得有分有寸。可是当对面伏在水池前洗手时，他猛地抱住了她的腰。对面显然反抗了两下，但反抗得并不果断，于是那胖子将她扳了过来……我不知道后来发生了什么，因为关键时刻有人敲我的门。我以为是林林，气急败坏地开了门，门口站着肖禾。

我惊讶地问她是怎么找到这儿来的，她说哈萨克斯坦她都去过了，索契也去过了，区区一个设计院怎么就找不到？她还说开始她找到了我的正式宿舍，有个姓罗的告诉她，我住在仓库里。我听着肖禾说话，眼睛却死盯住对面，阳台上已空无一人就像我刚做过一个噩梦。肖禾说喂！看你那神不守舍的样儿！我这么远来看你。

我让她坐下，还给她倒了一杯啤酒，只觉得心乱如麻。我说我现在这个德行实在不值得你看望。肖禾说我就知道你得这么说，放心吧，我不是来逼你结婚的，我只是来看你。

她大口喝着啤酒，一口下去半杯，告诉我说她已经辞了职，眼下正和俄罗斯做生意，倒腾服装，什么都倒。她说你知道吗，有一回我在哈萨克斯坦遇见一个小伙子长得特别像你，就为这个我跟他白话了半天，语言又不通，他说他的我说我的，但是凭直觉我觉得我什么都懂他也什么都懂了，天哪，分手时我的心都碎了，我想回国以后第一件事就是找到你看你一眼，你信不信？

我说我信，但我可是地道的国粹怎么会像洋人。肖禾说旁观者清啊。她说她还带给我一样东西，是在国际列车上从一个俄罗斯倒爷手里买的，我说拿出来看看。她拿了出来，是一架仿古单筒望远镜，尺把长，拿在手中沉甸甸的，像一枚大号手榴弹。她替我把它拉长，给我对对焦距，递给我说，你四处看看，带微距的。我举起望远镜向窗外一扫，一下就扫到了对面的阳台，心中一个颤抖——我不是走上对面阳台了吧！阳台无人，我只看见厨房餐桌上有个瓶子，写着番茄沙司，一瓶啤酒是豪门干啤。

肖禾见我喜欢这望远镜，顿时也喜洋洋的，她告诉我虽然望远镜外观笨拙，但镜片是德国蔡斯，出自二战后德国向苏联赔款造的工厂。

我拿着望远镜故意装作对于对面的若无其事，当肖禾也想用它看看对面时，我立刻用望远镜瞄准了肖禾。我说肖禾你猜我看见什么了？肖禾说看见什么了？我说我看见你胃里的俄国列巴还没消化完呢。还有……还有我不说了。肖未说净放屁，这又不是X光。我们俩都乐了。我们都不再提望远镜。我说肖禾，望远镜我也看了，现在我可是想领你参观参观这座仓库。肖禾说这儿有什么可看的，我说这儿有秘密，我是想把肖禾调开，我不愿意她也窥测对面，不得已时我就给她讲那些空抽屉。我边说边往外走，肖禾还真傻乎乎地跟了上来。

我领着肖禾楼上楼下乱转，走了好几个房间。当我们又进了一个房间时，肖禾一眼就发现这里全是床。

是的，到处是床，散发着被冷落的寂寥，也散发着勾人欲念的诱惑。而密布着蜘蛛网和灰尘的空间更使这一切宛若战后废墟或者阴湿的巢穴。有时能唤起人欲望的正是这些废墟和巢穴，在废墟和巢穴里人更要以百倍的疯狂来证实自己的生命。就因为站在眼前的是肖禾，我第一次意识到这些布满尘埃的床比抽屉可爱。

肖禾在一张床前站住，我绕到她的背后，低头亲亲她的后脖梗，然后伸手将她拥在怀里，我的胸膛紧贴着她那汗津津的充满弹性的脊背，我想起这姿势分明是从对面那个高个子男人那儿学来的。我不知道为什么我要模仿他的姿态，只感到这模仿的必要。肖禾对我的行为或许有些意外，或许有些不意外。她愣了一下便转过身来用力使我倒向一张床，我又闻见了她大拇指上的唾沫味儿。

我们在床上滚着尘土，事后肖禾对我说，她很后悔把我从北门市逼到了南门市，说现在我不必怕她了，她思路开阔多了，早晚会跟别人结婚。但假如她和我偶然相遇，希望我也别拒绝她，这就够了。我说你看上谁啦？她说她希望能看上这设计院的一位，这样就离我近了。我说真要结婚，还是要慎重的。她说你是谁？你管得着吗？

我是谁呀，她的确也不用我管。她的话倒是卸掉了我多年的重负，我才说些慎重什么的。当我心中不再有负担反而对肖禾产生了一种说不尽的滋味，我们又换了一个房间又换了一张床，肖禾有时哭有时笑。我们又换了一个房间，我把肖禾扒得光光的，我也光光的，也很深入，直到我们变成两个泥猴。我们土鼻子上眼儿的裸体坐在床上，我头一回觉得肖禾有那么点儿可怜，可肖禾却是一副满意相，两只脏奶在胸前翘着，还不时扭扭这儿，弄弄那儿。观察了一会儿这房子,她没头没脑地说:咱俩开旅馆呀。我说在哪儿,她说就在这儿,先给它起个名儿叫“爱神”。我说多难听呀,听上去像妓院。肖禾说何必这么刻薄,要不就叫“路人之家”——过路的谁住都行。我说听上去像收容所。最后肖禾说我没诚意,说她永远也不知道我脑子里在想什么。我说人之常情吧,我说人所以为人,就是具备了这点儿聪明,全人类都一样。肖禾说是啊,可是为什么我想什么你都知道?我说那是你乐意告诉我。肖禾说就算是吧。

她说着,猛一转身把我压在她的身子下边,两条胳膊紧紧箍住我的脖子仿佛要掐死我。我感觉有人进了房间,我看见林林站在床前。她穿着白大褂,双手插在口袋里,满脸通红,竭力想证实眼前是怎么回事。后来她终于弄清了,张了几次嘴,没发出声来,两只拳头在口袋里一鼓一鼓的。奇怪的是我并不尴尬,只一门心思地琢磨为什么她不把拳头从口袋里拿出来。——

林林走了。过了一会儿肖禾也走了。我回到自己的房间朝对面望去,觉得对面已被我遗失了一百年。我迫不及待地独自用望远镜向对面巡视,窗内仍然无人,煤气灶很白,灶上有只打火器,打火器上有一行小字:MADE IN JAPAN……

清晨,我等待着对面出现在我的镜头里,我早把模糊已久的玻璃擦亮了一小块。把望远镜顶在玻璃上。我甚至提前刷了牙洗了脸,我愿意让一个干干净净的自己去注视一个新鲜的对面。

她推开门走到阳台上,随便穿了一件大背心,头发有点儿乱。当她猛然间把脸转向我时,她的脸就仿佛一下子贴在了我的脸上,甚至比贴还近。我发现她确实已不年轻,眼角已有了浅显的鱼尾纹。但嘴唇饱满，脖子结实，腮边有一粒黑痦子。她坦然地盯着我就像有意迎接我的瞄准，我心跳了几下就平静下来，因为我发现她并没有看我，她的眼光正穿越了我和我身处的这座仓库，凝视着房后的原野。那里，麦子已经收割，秋庄稼尚未长成，田野一片豁达。她凝视了半天才收回眼光，这时我看见她眼里满是泪水。我第一次发现了她的眼睛的与众不同，眼泪使它们闪烁出一种娇嫣的玫瑰色。

她独自对着窗外，就那么默默地流了一会儿泪，不像有什么大不了的悲痛。给人感到这种人即使有大不了的悲痛，她也会不在话下。果然，一切都恢复了正常，在这个时间该做的，她又开始做起来，当她坐下来吃早饭时，一切又是有秩有序。

至于对面的两个男人，我却不愿意用望远镜瞄准他们。起初我想把这解释成不屑于，实际我是不愿意他们的脸在我的视线里呈现出不容置疑的清晰，我讨厌这种清晰就像讨厌他们的存在。这时我已明了我是那样地讨厌他们，若在他俩之间再做选择，我对那矮个儿男人更是充满憎恶。这一高一矮两个男人轮番出现，却没有碰面的时候。我很想弄清他们出现的规律：高个子每星期什么时间来，矮个子每星期什么时间到。这段时间我为搞清他们出现的规律而心神不宁，搞清这件事简直成了我的生活目的。我曾经把某人假定成一、三、五，把某人假定为二、四、六，不对。我又把某人定为一、二、三，把某人定为四、五、六，又不对。我把每周的七天一次次地颠倒排列，一次次地失败。那么他们是无规律的，可无规律就要撞车。有时我觉得我简直成了私家侦探。后来我只搞清了一点，就是高的和矮的谁都不曾在这儿过夜。我想，女人和男人能睡在一起终归是不易的。找到了这个信条,我便从中得到了些许安慰。肖禾散布我和她的“睡觉”,也就成了地道的无稽之谈,我真愿意落个:你是谁呀!

谁知我的信条也有被打碎的时候:有一个深夜我被对面惊醒了,惊醒我的是对面的灯光。我从床上爬起来朝窗外望去,原来深更半夜对面阳台上亮起了灯——确切地说,是阳台的厨房里亮着灯。对面正在喝饮料,只穿着一件宽大的男式衬衫,衬衫下摆齐着大腿,给人一种里边什么也没穿的感觉(穿没穿谁知道)。令我不能容忍的是,那矮个子男人就站在她的身边,他也举着一杯饮料不慌不忙地喝着,还一边俯身去亲她的胸脯。对面对他没有激情,但有一种温和的接纳。我感到周身热血沸腾,就仿佛对面和这男人一道欺骗了我。

我开始像憎恶那矮个子男人一样憎恨起对面,心中闪过我能够记住的所有五花八门的道德箴言。从痛打罗欣到现在已经两个多月,我心甘情愿在黑暗中熬着时光,忍受着恶浊的空气,难道就为了欣赏这个女人和两个男人的鬼混么?我从来也没有像此刻这样渴望电灯的光明和洪亮、宽广的声音,假如不是处在深夜我会立刻拔腿出去找总务处要灯泡。找灯泡、把屋子弄亮的念头持续了一夜。

第二天一早我就直奔总务处,在幼儿园门口碰见了林林,她正领着孩子们往外走。我有些不知所措地冲她笑笑,她瞪了我一眼(这是我意料之中的)。但当我快步走过了她和她的孩子们,身后却响起了一片嘹亮的童声:“叔——叔——好!”(这是我意料之外的。)

我不得不回过头来答应着孩子们,顺势再冲林林点点头。她又瞪了我一眼,这次不如刚才狠,我感到她有话要说。我迎过来,背对孩子们,她说她有件事想告诉我,说肖禾找过罗欣。原来这家伙到底流窜到了南门市,为什么不去再找找那个哈萨克斯坦人?林林的消息正中我的下怀,而她却当作一枚小炸弹投掷给我,这正是许多天真姑娘的令人心酸之处。显然,我与肖禾的裸体同林林的相遇,反而成了我和林林关系的催化剂,她才用了个激将法,好激起我对肖禾的愤怒。实际上肖禾赶紧找个主儿比什么都强。

林林紧紧盯住我看我的反应,我只装了满脑瓜子灯泡和流行歌曲的旋律,光明加上音乐已是能叫人神魂颠倒。我用应付的口气对林林说,肖禾有这个自由啊,我不在乎。林林马上追问我究竟在乎什么。这话问到了根本,我想说我最在乎的就是窗外那个阳台,但我却鬼使神差地说我最在乎的是你,可我现在有事,过一个星期咱们约个地方谈谈。

林林却说一个星期可不行,一个月我也不一定和你谈。你在乎我,我就得在乎你?

我说那就算我自作多情吧对不起。林林张张嘴还想说什么,我已经拔腿走远了。

在总务处,我向处长申请两只五百瓦的灯泡。处长问我要那么大的灯泡干什么,我说我是看仓库的,仓库亮点儿防贼。

处长说据他所知那个仓库从来就没进过贼,贼不会惦着一堆破桌椅烂板凳。这么好几十年了,他们只抓过一个附近农村的老头。处长说那时他刚从部队转业,分配在院保卫处。有一次他们绕着院墙巡逻,发现有个老头正用砖头砸墙角上的灯泡。处长说那时候的设计院戒备森严，院墙上隔不远便有个大灯泡。天一黑，灯泡都亮起来。处长说他们冲着老头追过去，问老头为什么砸灯泡。老头说我们村的电不够使，你们这儿的电多，截你们点儿电，正合适，光电线里存的这点儿电也够我们使了。处长说你老人家懂不懂电啊，电根本不是你说的那个道理。老头说你说电是个什么道理？有一回我去钢磨上磨面，出家门时拽拽灯绳灯还亮着，一到钢磨上就停了电。我对磨面的闺女说，停电了不要紧，电线里存的那点儿剩余的电正够磨我这二十斤麦子。那闺女也和你一样，说我不懂电，我怎么不懂？浇地的工夫停了电，垄沟里还能存住一股子水呢，电线里怎么就存不下一点儿电？老头把处长给说乐了，处长说后来他还推荐这个老头做过设计院的传达。

这故事虽有几分幽默，但对我却毫无意义，我又提出领两只五百瓦的灯泡。处长说给你讲了半天老头砸灯泡的事，就是告诉你那个仓库不用防贼，要灯泡照明有个四十瓦的也足够了。

我拿了四十瓦的灯泡，一出楼门就把它摔在台阶上，然后上街专门去买。我在五金商店买了四个五百瓦的灯泡，还买了灯口、电线一大堆。从五金商店出来我又去音像商店买磁带，我在如潮的录音带里扒拉来扒拉去，最后抓阄儿似的闭着眼拿了一盒。这是一盒从前的旧歌，有《阿佤人民唱新歌》，还有《红太阳照边疆》、《北京的金山上》什么的。

我带着这堆东西回到仓库回到我的房间，忽然有一种前所未有的激昂之情，像是一台晚会的策划正审视舞台，又好比就要登场的演员在后台酝酿情绪。我接好电线电源，将四个灯泡一溜排开悬在窗口，打开录音机（我有一台燕舞收录机）放进新买的盒带，专心等待深夜那个时间的到来。

一天天过去，我只在白天见那高个子男人来过两次，但来去匆匆，我知道我等待的是那矮个子，也许那矮个子得了个暴病死了，突然死了，这倒也干净利索，解气！我想。但我仍然不敢掉以轻心，不错眼珠地立在窗前空守了好几个黑夜，心中感到气馁又有些安慰。但愿那男人当真不来了吧，但愿我那四个灯泡就此作废！

可是，有一天深夜，当我已经开始犯迷糊时，对面的阳台亮了！透过厨房的玻璃，我看见对面一丝不挂地站在洗碗池前洗桃子。这是我第一次完完整整地看她，她显得更加光芒四射。接着有个男人也进了厨房，正是那个矮个子。他光着上身，只穿一条中式短裤。他打开冰箱拿出一罐可口可乐，坐在高脚凳上悠闲地喝起来。他边喝边欣赏对面，对面也毫不在乎地请他欣赏。他好像又一次被她的美丽所激动，放下饮料就把她拉了过来……

一种邪恶的快感立即传遍我的全身，就像开幕的铃声已响我必须果决地登场。矮老头儿，别他妈怪我不仁不义了！我想着，一个箭步蹿下床，啪的一声拉动了电灯开关，同时把录音机打开。骤然间刺眼的光明直奔对面而去，紧接着“红太阳照边疆，青山绿水披霞光……”响彻夜空。我推开一扇久未开启的窗户蹬上窗台，手中握着望远镜，故作轻松地朝对面望去。我看见那男人沉重的后背凝固了一般僵持在我眼前，我看见我的对面正麻木不仁地和我对视，这是受了极度惊吓后的麻木不仁。我还看见她的嘴角微微牵动着，像在发出无力的抱怨：你是这样年轻，为什么会这样残忍？

啊，正因为我这样年轻，才会这样残忍。

我在极度兴奋中忘记我的演出是怎样结束的。

我再也没有见过对面，阳台一直空着，厨房的门一直紧关着，自那个“光明”的深夜之后她就消失了。

我把窗户关上，拧下所有的灯泡重又过起黑暗的日子。我时常感到我的低下，我的卑鄙，我的丑陋，我的见不得人。我好比是个趁人不备从后面捅人一刀的歹徒，这种歹徒最大的资本就是趁人不备。

又过了些天，对面仍然没有动静。阳台上却出现了一个男人，不是那个高个子，也不是那个矮个子，凭直觉我断定他才是这阳台的主人——他随随便便地站在阳台上煮方便面，面色很难看，白胳膊白腿的。他坐在厨房里吃面，不时停下来发一会儿愣。吃完把碗扔进洗碗池也不刷，洗碗池里已经摞满了脏碗筷。我眼前突然出现了对面一丝不挂地站在洗碗池前洗桃子的样子。

有一天中午林林来了，手里拿着一个报纸包皮。她很拘谨，又竭力装作忘记了从前的不快。我对她说今天她这条连衣裙特别好看，林林显得高兴起来，打开报纸包皮说她最近在学剪裁，给我做了一件圆摆衬衫。我努力做出专注而感激的样子从林林手中接过衬衫，想到有天夜里，对面穿的就是这种圆摆男衬衫。接着出现在我眼前的便是对面的脸。

我愿意相信这是幻觉，但事实上这不是幻觉。对面的脸的确出现在那张皱巴巴的报纸上。我拿起报纸才意识到我已经好几年不看报纸了，我甚至忘记这城市还有这么一张《南门晨报》。我放下衬衫拿起报纸，在报纸的一个角落印着对面的照片，照片下边有一些文字，文字报道了南门市著名游泳教练、市政协常委的逝世，说是因心脏病猝发于某月某日不幸逝世年仅三十九岁。下面还有一些赞扬之词，有文字说她不受金钱、名利之诱惑，安心国内甘当无名英雄，并几次放弃出国与在国外读博士的丈夫团聚……

我推算了一下，某月某日正是那天深夜我大放光明的日子。

林林发现我对着报纸出神，问我，你认识这人？

我说我不认识从来没见过。

我的确不曾认识《南门晨报》所介绍的这个对面，更不知她还有这么一大堆眼花缭乱的事业。我所认识的仅仅是我眼里的那个对面，但我敢说世界上再也没有人比我更认识对面了，再也没有第二个人知道对面的真正死因了。

对面死了，阳台上已换上了那个白胳膊白腿的男人。但我总像有事业未竟：我依旧固执地想着那高个子和矮个子出现的规律。为此我决定作一次“微服私访”，我必须亲临对面的空间去发现一些蛛丝马迹。我找了个帆布工具袋背在肩上，里边装了些改锥、钳子之类，扮作水暖工去造访对面的家。我来到医学院宿舍区，走到最后一排楼进了对面的单元，为我开门的正是吃面的男人，从国外回来奔丧的丈夫吧？他开了门，一脸沮丧地问我找谁。我说你是房主吗？他说是的，我说我是水暖工，例行公事检查下水道。他无可奈何地先把我引进了厨房，便干自己的事去了。我熟悉地（我想我应该是）走进厨房敲敲这儿弄弄那儿，看看墙看看柜，看看我熟悉的一切。当我站在洗碗池前拧动水管时，看见墙上有两行用铅笔书写的数字。字虽特别小，但我凭着感觉还是觉出了它们的存在。第一行是2、5、7，第二行是4。我恍然大悟：2、5、7是属于高个子的，那个4属于矮个子。可对面为什么不把这字记在心里，却写在墙上呢？这或许属于心理学家的研究范围。

我决心用沾了水的手抹掉这些数字，就像要隐匿起对面留在人世的最后的痕迹，隐匿起她的那些不方便，那些“阴暗面”；就像我早就知道这面墙上有几个数字，而我的造访就是专为着消灭它们的。我抹掉那些数字来到阳台上，站在对面经常站的位置上张望着对面——我那肮脏的窗户紧闭着，而陈旧的仓库就好比一个貌似忠厚的阴谋家，无辜的对面曾经一览无余地把自己交给过这个阴谋家。

我从厨房里出来，站在过厅里，发现男主人正在卧室整理东西，像是要出远门。在他眼前的衣物中，也有我所熟悉的那些：一件圆摆衬衫啦，几件女人的小玩意儿啦。我对他说您的厨房真干净我很少看见这么干净的厨房。他说你这是什么意思？说着脸上似有愠色。他的脸色使我发觉我的确说了反话，因为眼前的厨房实在不干净，洗碗池里的碗盘们都长了绿毛。但我的确不是故意，这是我意识中的习惯成自然吧——我曾经无数次站在对面欣赏过这间条理分明、整洁新鲜的厨房，或者说，它实在是有过我对男主人形容的那种时光。我抱歉地冲男主人笑笑告辞了这陌生的房子，我想我与他原本是没有对话基础的，我永远也无法向他陈述我的歉疚，正如同他永远也不可能向我复仇。

我不止一次地反省自己，又不止一次地为自己的行为辩护，说招致对面厄运的只能是对面自己，即使窥测本身就是低下的犯罪行为,可谁让她自己给我提供了窥测的可能呢?那么我究竟是谁呢?当我有意惊吓她时,与其说是要张扬正义不如说是出于私欲,我是什么? 我不过是在那一高一矮两个男人后面,对她充满欲望的第三个男人罢了。那个深夜,我采取的那貌似光明的"措施"本身不也是一种假象么。假象如同体面的鸦片迷惑既定的秩序,它操纵着人类的大部分生活,也缓解着生活本身带给人的无尽的压力。

无论如何我摧毁了一个女人最后一个个人的角落,我又庆幸我的确亲眼见过一个女人生活中最真实的片断。她使我领略到人在逃离了人类注视时那份无可比拟的自如的魅力,她在无意中教我学会了欣赏和疼爱生活中那些不为人知的自然。这一切其实是从她的背后而得,虽然她每天与我面对着面。原来人类之间是无法真正面对着面的。

我搬出仓库搬到我该去的地方,第一件事就是找到林林,明确表示我不爱她更没有与她结婚的设想,我让她尽可能把我往最坏处想。她低着头,半天才问了一句:那你到底爱谁呢?这的确是个问题,但我觉得我和林林之间没有探讨这个问题的基础,我说不清她也听不明。也许我从来就没有爱过,也许我根本就不曾具备爱的能力。爱的确是一种能力,我初次体味到这本是一种值得花费心血去郑重寻找的能力。我望着林林的后脖梗,望着她那从白大褂里露出一圈的花衬衫领子,领子已被磨损得露出了发白的经纬,但却出奇地干净,就像整日接受着清水的漂洗和太阳的照耀。一股柔情从我心中油然而生,眼前的林林正好比一株色泽滋润的嫩绿植物,使我相信她应该有自己美好的生活。而生活应该是美好的,生活本身面对着我们就像大自然面对着我们,只有它们能与我们永远平等相待。当我有时被深夜的光亮偶尔惊醒时,会想起那个被我扼杀的女人,一种久违了的让自己变得好一些的愿望,在这时犹如远空的闪电嚓亮地划过我的心胸。

黄昏时分我愿意到墙外的庄稼地去散步,我愿意去呼吸空气里那又苦又甜的菜味儿,看垄沟里的水是怎样悄悄洇湿每一畦青菜。有一次我被一个强悍的农妇截住,她把浇地的铁锨横在腿前高声喝道:“站住,这儿不让过!”我知道她们讨厌我们这些人在菜地里乱走,就顺从地转身撤退,农妇却又从背后喝住了我:“回来!那儿不让过!”我站在那儿开始不知所措了,听着这种吆喝心想难道我又走上了一个阳台?最后农妇终于给我指出一条明路,我冲她点点头感激地向前走去,原野渐渐安静了。我来到一片玉米地前,地边的垄沟上盛开着淡紫色的小喇叭花和金黄色的矢车菊,有两辆自行车并排倒在垄沟边上,一辆男车压着一辆女车。小花青草簇拥着它们,在朦胧的光线里我听见远方有鸟儿啼鸣……

我小心地远离了自行车走上回程,我为之工作的白色楼群宛若一艘即将离港的巨轮正在等待它的乘客。当我穿越田野向它步步逼近时,忽然想起行政处长抓过的那个老头。停电以后电线里剩下多少电才够磨他的麦子呢?人类或许再也不会产生这原始的浪漫了,但被嘲笑的究竟应该是谁呢?

对面一片清明。

小嘴不停

临近春节的酒店，到底比往常显得亢奋。散客已经不多了，年终的各类会议开始在这里爆满。大堂内设着一些蒙有红台布的会议签到桌，从四面八方赶来省城开会的人进得酒店，忙着寻找属于自己的那个会的那张桌子。那些桌子上都摆着写有会议名称的标牌：表彰会，总结会，新年度战略研讨会，同乡亲友恳谈会……什么的。每张签到桌后面都堆着山一样的会议礼品盒：某某岛的“无污染海鲜”；某某城的红酒新宠“玉树临风”；某某开发区的“多功能杀菌活氧机”；乃至某某乡的“祖传手工龙须面”……猛看上去，走进大堂的客人好似立刻置身于一个年货批发市场。

包老太太也是这酒店的来客之一，她来参加一个表彰会。本来，春节近了，能不出门的人就不愿意出门了。况且包老太太年逾七十，丈夫户老先生还躺在医院里。可是，包老太太来了。

乘坐了三个小时火车的包老太太进得酒店并不急于签到，她急着寻找洗手间。包老太太与同龄的其他老太太相比，身体状况良好，唯一的难言之隐是憋不住尿。为此，凡遇长途旅行她便提前在内裤里放置“尿不湿”。回想第一次去超市为自己购买“尿不湿”，包老太太臂弯里挎着塑料购物筐，做贼似的在货架前逡巡了几个来回，竟是不敢下手。仿佛她要攫取的是样见不得人的东西；又仿佛，只要这东西一进了她的购物筐，她可就真的老了。一个年轻女导购员过来想帮助犹犹豫豫的包老太太，说孩子多大，我帮您选个合适的型号。包老太太吭吭哧哧又说不出来，只是想原来这玩意儿也分大小号啊。“尿不湿”之于包老太太，始终是只闻其名，未见其物。包老太太养育孩子的时代中国还没有这东西，后来她的第三代被养育时她又没管过他们。那么，她至少该买大号，她是个大人。但包老太太不敢说要大号，似乎一说大号导购员能立刻识破她买这东西是为了自己。最后她胡乱拿起一包中号的，红头涨脸地离开了超市。回家一试，包老太太明白了，敢情这“尿不湿”的所谓大、中、小号，是幼儿范畴的大、中、小。即使大号，配的也是幼儿中的大幼儿；包老太太的屁股再瘦小(包老太太的臀部属瘪瘦型)也当属成人之规格。因此不仅中号她无法穿用，大号也照样不行。包老太太急中生智，索性将那东西稍作改良，摈弃了四周起固定作用之“裤腰”和“臀围”部分，单取中间那一条厚实而又柔软的吸水力极强的无纺布棉垫。试用了一阵子之后：包老太太基本满意。再逢出门，因为腿间有了“尿不湿”，人就从容了许多，也不至于打头天晚上就滴水不进了。包老太太从不跟人探讨婴儿的“尿不湿”之于老人的方便，这属于她个人生活的小秘密。最初垫上它，包老太太有过一阵隐隐的堕落感，再严重一点儿她就要说自己这是“沦落风尘”了，虽然，世上所有的婴幼用品本是最为洁净、天真再加上一点儿无助感的。那么，应该是无助感比较贴切。包老太太也曾想到过这个词，但是包老太太自尊一生，乐于助人，绝不情愿“无助感”这样的词往自己身上靠，宁肯“堕落”或者“风尘”，至少那还有点儿幽默的成分。用到后来，包老太太甚至还找到了一点点更年期之前使用卫生巾的感觉。用了一辈子卫生纸的包老太太，在停经前不久才赶上用舒适方便的卫生巾，只可惜一切都在瞬间结束了，她的例假，她作为确凿女人的生理特征……如今，自从她的腿间有了“尿不湿”，很快她就从“堕落”啊“无助”啊等等词汇中走了出来，因为“尿不湿”竟能使她回忆起那么一点儿确凿女人的青春感，或者说女人青春的确凿感。包老太太对待生活的态度基本是乐观的，她总是能在看似倒霉的情境中寻摸到那么一点儿让自己主动起来的蛛丝马迹。

这样，乘坐了三个小时火车的包老太太走进酒店，顺利找到隐在大堂一侧的洗手间。事毕之后换上一片干爽、崭新的“尿不湿”，包老太太神闲气定地来到洗手间的人镜了跟前，洗手，外加稍事整理自己。这时的包老太太，怎么看也不像年逾七十，也就是五十岁出头吧。她那一头灰黑色的弯曲自然的假发没把她衬出老来，反而为她平添了几分真实、活泼的俏。这就是包老太太的聪明，不愧是化妆师出身——包老太太是她们那个城市影视中心的资深化妆师。包老太太历来反对白发老人染黑发，黑压压的好似头上缠着块黑布，怎么看也是假。哪儿如她头上这顶假发套，和年龄和面庞总是有个自然的过渡与呼应。这就说到了包老太太的面庞，毕竟已经七十多岁，脸上没有深刻的皱纹，但两腮的肉已经下垂，下巴至脖颈的衔接处也显出松垮。但包老太太有两条好眉毛，和一副轮廓清晰、常显滋润的嘴唇。这副嘴唇若放在旧社会,那是典型的樱桃小口,包老太太便也可称得上是位旧时的美人了。可包老太太偏偏看不上自己的嘴,为当代不少男女演员化妆的包老太太,欣赏的是时下流行的大嘴美人,也许正所谓缺什么想什么。包老太太也不倚仗着化妆师的方便就在自己脸上大动干戈,她不文眉也不文眼线——那是低级整容,把人脸弄得木呆呆的,且呈现一种凶相。她只把本来不错的眉型再择素净一点儿,轻扫些许眉粉即可。她的脸就看着那么亲切柔和,一整个儿是位神采奕奕的老年职业女性。

神采奕奕的包老太太回到大堂,在属于她的表彰会的桌前签过到,领取了出席证、餐券、会议文件、房间钥匙以及礼品盒——她们这个会的礼品是红酒新宠"玉树临风"。包老太太提着两瓶"玉树临风"找到自己的房间,打开,进门,怎么回事?大白天的屋里黑麻咕咚,气味也不好。包老太太正摸索着去开门廊灯,就听"噼"的一声台灯亮了,原来桌前坐着一个人,这人压着嗓子叫了一声"包老师"。

包老太太走到桌前,借着台灯一看,原来是小刘啊,从前跟她学过化妆的,后来到省里发展,现在自己开了服装公司,在当地个体私营企业主里,也算得上一号人物呢。

小刘说,她从与会者名单上看见包老师的名字,又知道和自己同住一个房间,挺高兴的。这个表彰会表彰的是各界精英啊,包老师是老有所为的代表人物,她早就知道由包老师任化妆师的两部电视剧都得了国家级大奖。其中一部剧获的是单项奖,奖的就是化妆啊。小刘说话,用的是气声:不敢使大劲儿、不使劲儿又说不成句的那么股劲儿;怕谁听见、又怕该听的人听不见的那么股劲儿。受了这气声和气氛的传染，包老太太便也压着嗓子与小刘寒暄，但这种竭力控制音量的语言方式让包老太太很别扭，特务接头对暗号似的。况且，窗帘密闭，空气不畅。

桌前的小刘看出包老太太的疑惑，这才起身走到窗前把加厚的双层落地窗帘拉开一半，正午刺目的阳光立刻射进房间。包老太太借着炫目的阳光，方看清屋内的两张床，一张干净整齐，另一张被子鼓鼓囊囊乱作一团。再细打量，被子底下睡着一个人。小刘虽然拉开了窗帘，但说话仍旧用着气声。她说这张床上睡着她女儿，女儿学校已经放假，不愿一个人在家，就跟了她到会上来住。这孩子晚上不睡觉，疯了似的玩电脑，后半夜才上了床，这一睡恐怕要到下午了。小刘说，刚才她怕吵醒孩子，所以大白天拉上窗帘并且小声说话，还请包老师多担待。小刘边说边把包老太太让至那张显然无人动过的干净整齐的床。

包老太太坐上自己的床，想起美国影星斯特里普为了竭尽母亲的责任，把婴儿带到摄影棚喂奶，那真是传为美谈的明星母亲的一段佳话。包老太太一边想斯特里普一边就忍不住目测对面床上被子底下那个人形的长度，怎么看她也绝非婴儿，亦非少年，至少这女儿的身高不低于眼前的小刘。刚才小刘不是说她半夜玩电脑吗，包老太太瞥见桌上有个笔记本电脑，婴幼儿会玩电脑吗？正在思想间，被子底下一阵蠕动，小刘的女儿醒了，掀开被子站起来就往卫生间走。小刘让她管包老太太叫姥姥，她倒是乖乖叫了声姥姥，之后就把自己锁进了卫生间。包老太太对小刘说，女儿的个子可不矮，有一米七吧？小刘说是啊，才上高一。包老太太试探地说那开会这几天你睡哪儿啊？小刘说我们娘儿俩就凑合挤这一张床呗。包老太太心里就泛上一丝不痛快，觉得这小刘分明是有点儿不懂事了：这么大的女儿还带到会上吃住，弄得会议房间成了她们家的卧室，堂堂正正的会议代表包老太太反而像个碍眼的多余人了。大白天的拉着窗帘，说话还得用着气声。这和斯特里普把孩子抱到摄影棚喂奶根本就是挨不着的两种境界。再往细处想——包老太太的思维变得越发具体：两个人共用的卫生间得三个人用，就算"尿不湿"她可以隐蔽地更换，她的假发套怎么办呢，晚上睡觉她是要摘下来的。小刘看到无所谓，毕竟小刘是从前的熟人。可是包老太太不愿意让一个如此年轻的女孩子看见她的假发套和她那颗有着稀疏头发的脑袋。包老太太不愿意。

这时小刘又说话了，小刘说多年养成的习惯，也是没办法的事。女儿三岁那年丈夫就和她离了婚，从那时到现在，她们娘儿俩一天都没有分开过。那时候穷啊，雇不起保姆，每次去南方倒腾服装她都是怀抱着女儿。那时候火车上人也多，经常没座位。她就坐在车厢地上，把女儿塞进座位底下铺块报纸躺着。有时候座位上的人脚不小心踢着了女儿，女儿不哭也不闹……

小刘这番话缓解了包老太太心里的不痛快，她最听不得别人的苦事，特别是离婚一类的事。她就没有离过婚，在经营家庭的技术上，她可算个成功者。成功的包老太太现在与有着不成功婚姻经历的小刘母女住在了一起，最初的不痛快感终于因小刘婚姻的失败而调转了方向，她变得放松了踏实了。不能说居高临下，却是有点儿悲天悯人；不能说想施舍些许同情给小刘母女，却是真心要对小刘敞开心扉——小刘在诉说了自己不成功的婚姻之后不是一个劲儿地羡慕包老太太的美满家庭吗?

晚上，睡足了白日觉的小刘的女儿坐在桌前打开笔记本电脑，精神头儿十足地上网。这事儿要是放在包老太太刚进门的时候那简直就是不可容忍。但是,经过小刘对她们母女生活的叙述,情况就不同了,包老太太觉得自己能够理解小刘女儿在会议房间里旁若无人的劲儿——怎么说也是苦孩子出身呢。再说,小刘女儿个子虽高,却没什么心眼儿,跟包老太太也不生分。包老太太洗完澡托着假发套从卫生间出来,试探性地往小刘女儿那里瞟了一眼,内心里是有点儿怕她嫌弃的,很多老人在蔑视一些青年的同时,其实也在怕着被那青年嫌弃。小刘女儿不嫌弃包老太太的假发套,还凑上来要求试戴。在征得了包老太太的同意后,她便戴着包老太太的假发套继续她虚拟空间的畅游。而这时,包老太太和小刘都已靠上各自的床头,开始睡觉前的说话。说话前包老太太不忘用手机先同家中哪个子女通了话,并得知住院的户老先生病情已稳定。

床头灯下的包老太太,摘去了假发套的包老太太,在小刘眼里并不显得太过光秃,因为她本是有头发的,只是头发稀少,已盖不住头顶。她的稀弱的头发加上她那唇形清晰的嘴唇,使她看上去像个年老的孩子。而桌前戴着假发套上网的小刘的女儿,则恍若一个年幼的老人。其时这一老一小彼此并不关注,小刘女儿忙着上网,包老太太忙着对小刘述说家事。

包老太太向小刘透露说，别看她和户老先生生育了五个儿女，儿女们也都挺孝顺，其实户老先生从三十岁起就向她提出过离婚。

包老太太敢把这种消息透露给小刘，并非她的一不小心，相反，这是她经历了半生风雨之后的心中有数，捍卫婚姻大功告成之后的胸有成竹。她敢说起户老先生曾经提出过离婚，就说明她已确定眼下的户老先生再也不会向她提出离婚。那时候，户老先生三十岁的时候，他们已经有了两个孩子。户老先生的职业不比她低，也绝不比她高，他供职于当地一所大学的总务处。有一天，平白无故地他就对她说，我想跟你谈谈，我想和你离婚。

时年三十岁的包老太太，虽已生育了两个孩子，可依旧娇小玲珑，眉黑唇红，她有哪点配不上一个大学总务处的一般职员呢。若论社会表现和治家能力，包老太太还略胜一筹。户老先生从年轻起就体弱多病，肝炎、肺炎、胸膜炎、气管炎……一年有三个月住在医院里，以至于五十岁就提前病退了。用包老太太的话说，病弱的户老先生一生就没吃过几粒粮食，他是啤酒、香烟不离口。劝他吃饭，他就对你说：我在吃。啊，这酒啊是我的液体面包；这烟啊是我的气体面包。这样的一位先生，有什么资格向包老太太提出离婚呢。可是户老先生提出了，包老太太听见了。包老太太想，他这是不爱她了。那么，她爱他吗？或者她也说不上爱他，她爱的是自己的婚姻本身。谁想动摇她的婚姻，她便决不示弱。于是，在沉默了一个小时之后，包老太太对户老先生说，她不能同意户老先生的想法，因为，因为户老先生对她太好了，那千百样的好啊，足够她两辈子受用。假如现在他们离婚，可叫她到哪儿去寻找这么好的好人呢！

这样的开场白，倒是让户老先生没有料到。他以为——照常规，至少包老太太会吃惊，会悲切，继而愤怒，继而声讨他的薄情，他的寡义,他的不负责任,他的不知深浅,他的太拿着自己当块香饽饽……包老太太却不按常规,她从另一条道上来了,她就是把他说成了一块香饽饽。她说到他对她的关心,他对她的体贴,他对她的体贴加关心或者关心加体贴。某次她去副食店排队买春节凭票供应的排骨,排到天黑还不见回家,他就站在家门口的雪地里等她一个小时,等得棉鞋都湿透了脚上尽是冻疮啊。还有一个某次,她正给孩子洗尿裤子呢,同事串门来了,他二话不说端过她手中的盆子就洗呀,让那个同事羡慕得不得了。夏天的时候哪次不是他熬好了绿豆汤,在凉水里冰了又冰,放上甜度适口的白糖才端到她眼前啊——还有,他这人虽然话不多,从来他就话不多,可那绝不是对她的冷淡对她的漠不关心,那纯属性格所致,因为她从他看她的眼神儿里能悟出他对她的惦记他对她的心疼,一个眼神儿足足赛过一万句甜言蜜语,一万句!这样打着灯笼难找的男人怎么可能向她提出离婚呢,那是不可能的,该不是他觉得自己做得还不够吧,那样可就太让她无地自容了,做得不够的是她本人。就算结婚以后她从来没和他吵过一次架拌过一次嘴甩过一次脸子,那她也是做得不够温柔不够贤惠不够和顺不够——总之是不够,这使她经常寻思着她该用怎样的努力才能够配得上他这个千百样俱佳的男人……

包老太太小嘴不停地历数着属于户老先生的那些“莫须有的美名”,也不知是在夸他还是在臊他。但她眼里有隐隐的泪光闪动,音调语气是如此的恳切,眼前就是个泼皮无赖也得三思而行吧,更何况户老先生不是泼皮无赖,他是大学总务处一名本分的职员,对,那时候叫一般干部。虽然包老太太给他编织的那些美名有点儿叫他受用不起，可是，这“美名”的力量是既突然又密不透风，噎得人喘不过气，他一时就不知道该从哪儿下嘴了。包老太太初战告捷，第二年他们又生了一个孩子。

床头灯下的小刘，被包老太太的讲述弄得越发没了睡意，只觉得对面床上的这位老太太实在不简单，就这么一下子，一辈子都牢靠了。她把心中的感想说给包老太太，包老太太立刻反驳说，完全不是那么回事，对男人你得警惕一辈子。她说别忘了从三十岁户老先生第一次提出离婚之后，他们又共同生活了四十多年啊，四十年时间什么样的事发生不了呢。四十年间，包老太太最怕听见的一句话就是户老先生对她说“我想跟你谈谈”。

小刘忙问，难道后来他又跟您提过“我想跟你谈谈”？

包老太太拖着长声说，提——差不多每隔一年他就跟我提一回。但是我也积累了一点儿经验，每回听他说到“我想跟你谈谈”，我就立刻拿话把下半句挡回去。小刘说您这叫将“离婚”二字扼杀在摇篮里。

包老太太想了想说，摇篮这个词太温馨了，把“离婚”放在“摇篮”里好像“离婚”本是个招人怜惜的小婴儿。咱们不说把“离婚”扼杀在摇篮里，咱们说把“离婚”扼杀在喉咙里。

小刘又做感叹了：把一个人喉咙里的一句话扼杀四十多年，那该需要多么顽强的意志和多么坚韧的神经。可见包老太太这两样全不缺少。三十岁那次的谈判若说是即兴的救急，三十岁之后的所有抵挡便可称作是持久的战略了。包老太太用多于常人几千倍的话语灭了户老先生一条小小的喉咙。她的那些话，像机关枪，像迫击炮，像年节的响鞭，像春日的花骨朵，像漫天的鹅毛雪片，像感伤的沥沥秋雨，像老娘儿们的饶舌，像小姑娘的俏皮……都是些好言好语，美哉善哉！她不仅把它们滔滔滚滚奉献给户老先生本人，她还把它们传递给所有与他有关的人，再由那些有关的人传递给他本人。

户老先生学校的领导看望病中的户老先生来了，包老太太望着眼睛微闭的户老先生，跟领导讲述户老先生的美德，说户老先生为什么身体这么虚弱，都是为这个家所累。

他的胃不好，是因为孩子小的时候把细粮留给孩子了，自己净吃些高粱米山药面。儿女们回来了，包老太太跟他们说，你们五个人对我好是好，可你们对我的好，加在一块儿也抵不上你爸一个小手指头。

孙子外孙子一见面，包老太太又说了，爷爷可比奶奶疼你们，知道什么叫疼吗？就是打心窝儿里惦着呀！

……

谁也不知道户老先生怎么琢磨包老太太这些好话，也许他想，你说的那个人他不是我呀。也许他想，这是哪儿跟哪儿啊。也许他想……他想什么有那么重要么，再不是那个人，说了四十多年也被说成是那个人了，那个没有丁点儿瑕疵、根本不知离婚为何物的好人。

包老太太不仅说得好，并且身体力行。三十年前家庭经济状况一般，但户老先生的牛奶、啤酒和“前门”、“恒大”香烟就没有断过。这些年经济状况好了，每次出去拍电视剧，她也能从剧组分上万儿八千的。她给他买加厚羊绒衫，买时髦而又舒适的“爱步”休闲鞋，买“昂立一号”和“脑白金”。又比方这次表彰会，为什么包老太太不顾春节在即非来不可呢?她对小刘说,那也是为了户老先生啊。会上有奖金呀有礼品呀。她要怀揣奖金手提礼品回家,这不叫俗,纯属爱的奉献。她要回到户老先生的病床跟前让他看一看,这就是他的老伴,四十年前想要与之离婚的那个老伴。小刘啊,他不曾有过的风光如今都集于你包老师一身了。

表彰会的日程是三天,第一天和第二天,白天照例是包老太太和小刘去开会听报告,小刘女儿拉上窗帘蒙头睡觉。到了晚上,小刘女儿戴着包老太太的假发套上网,小刘就和摘去假发套、撤掉“尿不湿”的包老太太聊天。这时候,如果包老太太的手机不响,这间酒店客房的景致颇有几分平安与浪漫。不幸的是包老太太的手机响了,那边传来哪个子女的声音,告诉她说户老先生又一次大面积心梗,很危险,很危险。

这边包老太太赶紧跟小刘说了情况,小刘跑去会务组要车,小刘女儿帮着包老太太收拾东西。车子很快就停在酒店大门口,包老太太被小刘搀扶着,连小刘女儿的那声“姥姥再见”都没有听见,就直奔了火车站。

深夜把包老太太送上火车的小刘回到酒店房间,一看见坐在电脑前仍不罢手的女儿,方才发现包老太太的假发套还在女儿头上扣着。

有一天,户老先生离世后的一天——户老先生就在那天深夜包老太太回家途中悄然离世,包老太太清洗他的衣物和他在医院用过的器皿。在用洗洁精刷洗他临终前一直使用的一只搪瓷口杯时,她觉出杯底有点儿硌手。包老太太将杯子翻个底朝上,只见杯底上贴着一小块橡皮膏——护士输液时固定针头的橡皮膏吧，橡皮膏上有一行圆珠笔小字：我想和你离婚。

惊愕之中的包老太太再也想不出有什么词汇能够形容她此刻的心情，这耸人听闻的六个字仿佛死者从另一个世界给她的来函，又像是那人对她一生"护婚"的最后报答。想必，书写这"来函"，实施这"报答"，同样需要顽强的意志和坚韧的神经。

又过几日，包老太太收到一个寄自省会的快递小包，是小刘寄还给她的假发套。这物归原主的假发套让包老太太的头顶掠过一阵嗖嗖的寒意，也才意识到，她已多日不用头套了。她忽然想起一出老歌剧里的一句唱段："砍头好比风吹帽……" 那是革命者的潇洒，用在包老太太身上应该换成"砍头好比风吹假发套"啊。

现在，曾经"吹"走的假发套已然回来，而包老太太的头还在肩膀上安稳着。生活却是费解的。包老太太永不再看那只贴有橡皮膏的搪瓷口杯，但橡皮膏上那六个字，那六个因杯底和桌面的摩挲而显脏污的六个字，却化作了户老先生的声音。那声音是细小的，如包老太太和小刘在酒店客房昏暗的光线下对答时的那种气声：轻巧的，套近乎的。

不绝于耳，不绝于耳。

[illegible]

[illegible]

[illegible]

[illegible]

[illegible]

[illegible]

[illegible]

[illegible]